un été avec

BAUDELAIRE

[法] 安托万·孔帕尼翁——著

甘露——译

Antoine Compagnon

污泥与黄金：波德莱尔

上海文化出版社

图书在版编目（CIP）数据

污泥与黄金：波德莱尔/（法）安托万·孔帕尼翁
著；甘露译.—上海：上海文化出版社，2021.4
　ISBN 978-7-5535-2275-3

　Ⅰ.①污…　Ⅱ.①安…②甘…　Ⅲ.①波德莱尔（
Baudelaire, Charles 1821—1867）－诗歌研究　Ⅳ.
①I565.072

　中国版本图书馆 CIP 数据核字（2021）第 073287 号

Originally published in France as：UN ÉTÉ AVEC BAUDELAIRE by
Antoine Compagnon
Copyright © Éditions des Équateurs/France Inter, 2015
Simplified Chinese edition arranged via Dakai-L'agence
Chinese（in simplified characters only）translation Copyright © Shanghai
Culture Publishing House, 2021
All rights reserved

图字：09-2020-1254 号

发 行 人：姜逸青
策　 划：小猫启蒙
责任编辑：王茗斐
封面设计：许洛熙
审　 校：陈小雨

书　　名：污泥与黄金：波德莱尔
著　　者：[法] 安托万·孔帕尼翁
译　　者：甘　露
出　　版：上海世纪出版集团　上海文化出版社
地　　址：上海市绍兴路 7 号　200020
发　　行：上海文艺出版社发行中心
　　　　　上海市绍兴路 50 号 200020 www.ewen.co
印　　刷：苏州市越洋印刷有限公司
开　　本：787×1092　1/32
印　　张：7.875
版　　次：2021 年 6 月第 1 版　2021 年 6 月第 1 次印刷
书　　号：ISBN 978-7-5535-2275-3/I.880
定　　价：45.00 元
如发现本书有印装质量问题请联系印刷厂质量科　电话：0512-68180628

序

经典的另一种打开方式

黄　荭

一

庄子描写庖丁为文惠君解牛："手之所触，肩之所倚，足之所履，膝之所踦，砉然向然，奏刀騞然，莫不中音。合于《桑林》之舞，乃中《经首》之会。"手起刀落，游刃有余，"依乎天理，批大郤，导大窾，因其固然"。只要找对地方下刀，巧妙地拆解，一头肥牛顷刻间迎刃而解，如土委地。

这出神入化、酣畅淋漓的手法和刀工委实厉害，而庄子更是从庖丁的经验之谈中悟出了养生的真谛，找到了破解"吾生也有涯，而知也无涯"之困局的不二法门。相信很多读者都有过"肉体真可悲，唉！万卷书也读累"的喟叹，的确生命太短而普鲁斯特太长。有多少读不下去读不进去的经典就像捂不热的石头养不熟的狼，谁不梦想有一

i

把庖丁解牛的刀，行云流水般切开文本的肌理，层层剥开复杂幽微的人性？

从某种意义上说，法国 France Inter 广播电台的"与……共度的夏天"（*Un été avec*）系列读书节目就是一场接一场绝妙的文学版"庖丁解牛"。灵感来自电台掌门人菲利普·瓦尔（Philippe Val），是他最早约请法兰西公学院的知名教授安托万·孔帕尼翁（Antoine Compagnon）为 2012 年夏量身打造一档读书节目："人们悠闲地躺在海滩上享受着阳光和海风，或者在丰盛的午餐之前，先呷上几口开胃酒……此时陪伴他们的是电台播放的探讨蒙田的专题节目……"

教授一琢磨，整个夏天听众在度假的遮阳伞下每天听他用几分钟时间尬聊哲学，这个事情貌似挺不靠谱的，因为在浩繁芜杂的《随笔集》中自己只能大刀阔斧"选出四十来个段落，加以简要评述，既展现作品的历史深度又要挖掘其现实意义"。是效仿圣·奥古斯丁翻阅圣经那样随意摘抄？抑或是请别人随便指出一些段落进行讲解？是蜻蜓点水般把《随笔集》中的重大主题一一点到，粗粗勾勒出这部作品丰富多样的内涵和全貌？抑或是只选自己偏爱的章节，不去考虑作品的统一性和完整性？最终，孔帕尼翁的做法是随心所欲跟着感觉走，和庖丁一样，"以神遇而不以目视，官知止而神欲行"，四十个碎片的 puzzle 游戏开启了一场未知却无比自由酣畅的阅读之旅。

首季节目定档在每天中午 12：55—13：00，从周一到周五，连续四十天。节目一炮打响，像夏日啜饮一小杯加冰的茴香酒一样令人回味。那个与蒙田共度的夏天，度假者在沙滩上晒黑的不只是皮肤，还有他们的灵魂。很快，节目的广播录音结集整理成书并与次年春天出版，首印五千册很快告罄，多次加印至十五万册，至今依然排在散文随笔类书籍销售榜单的前列。

二

第二年"与普鲁斯特共度的夏天"绝对是空前绝后的梦之队豪华阵容：安托万·孔帕尼翁谈《追忆》中的"时间"、让-伊夫·塔迪埃谈"人物"、热罗姆·普里厄尔谈"普鲁斯特及其社交界"、尼古拉·格里马尔蒂谈"爱情"、朱丽娅·克里斯蒂娃谈"想象的事物"、米歇尔·埃尔曼谈"地方"、法拉埃尔·昂托旺谈"普鲁斯特和哲学家"、阿德里安·格茨谈"艺术"。劳拉·马基在次年出版的同名书籍的序中说：这也是读者睁开眼睛，荡漾在普鲁斯特的遐想之中"阅读自己内心"、"深刻认识自己"的夏天。

从此，这档由专家、学者、作家合力精心打造的"大家读经典"的广播节目成了 France Inter 每个夏天的固定节目，随之出版的系列丛书也因深入浅出、纵横捭阖、妙趣横生的风格受到无数读者的追捧，掀起了一股沙滩阅读浪潮。继蒙田和普鲁斯特之后，是与波德莱尔（2014）、维克多·雨果（2015）、马基雅维利（2016）、荷马（2017）、保尔·瓦莱里（2018）、帕斯卡尔（2019）、兰波（2020）共度的夏天……在大家（学者/作家）的带领和指点下，大家（读者/听众）得到了一种快速沉浸式的阅读体验，打破了常规的学院派阅读定势和对作家及其作品的刻板印象，再晦涩再难啃的经典仿佛都在热辣的夏天被一一点中了穴道，手到擒来。

三

这一另辟蹊径的书系很快也得到了中国学界和出版界的瞩目，2016 年华东师范大学六点分社率先引进出版了

《与蒙田共度的夏天》。而翻译《追忆》的徐和瑾先生向译林出版社推荐并翻译了《与普鲁斯特共度假日》。今年,上海文化出版社推出的是这个系列接下来的四种,为了凸显书的内容,书名被改成了更加个性化的《污泥与黄金:波德莱尔》《时局之外:马基雅维利》《只闻其名:雨果》《在宙斯的阳光下:荷马》。

其实"共度的夏天"套用在所有经典作家身上有时也有一种违和感,比如在安托万·孔帕尼翁看来,"'与波德莱尔共度的秋天'才是更为应景的题目,这个衰亡的季节,日头渐短,猫咪也在壁炉边缩成了一团"。他也很清楚写波德莱尔要比两年前写蒙田的挑战更大,"人们喜爱《随笔集》的作者,是为他的诚恳、节制和谦逊,以及他的善良和博大",且《随笔集》是他唯一的巨著,一本完美的枕边书,人们愿意"每晚重读几页,以期更好地去生活,更加智慧、更加人性地活着"。而作为被诅咒的诗人,波德莱尔阴郁、矛盾、离经叛道,他的作品也更加晦涩驳杂,有"用韵文体和散文体写就的诗歌、艺术评论、文学评论、私密信件、讽刺作品或抨击文章"。用萨特的话形容,波德莱尔"生活很失败但作品很成功"。不过,我们尽可以放心,孔帕尼翁最终找到了一种"轻快而跳跃"的方式，既尊重了诗人身上的所有矛盾，又为我们指出了一个通向小径分叉的文本花园的入口，看波德莱尔如何把"污泥"点化成金。

作为一个几乎穿越了整个十九世纪的法国大文豪，维克多·雨果的成就超出了少年时立下的志向"成为夏多布里昂或什么都不是"。他成长为赫赫有名的小说家、诗人、剧作家、政论作者；还是法兰西学术院院士、贵族院议员和国民议会议员。他"从不停止自我怀疑，以便更接近现实"。他希望自己和其他所有人一样，不畏惧也不自大，他关心生活在最底层被压迫的民众，怀抱着浪漫英雄色彩的人道主义，见他们所见、感他们所感，通过写作，带他们走向光明。劳拉·马基指出维克多·雨果最后想揭示的秘密："是爱拯救了最悲惨的人，并使他成为故事真正的主人公。"

除了莫衷一是的"马基雅维利主义"这个生僻的词语，我们对这位文艺复兴时期的意大利政治思想家、历史学家还知道些什么？"只要读一下我的书就会看到，在我学习管理国家事务的十五年中，从未睡过一个好觉，也没尽兴玩过一次。"1513 年，这位隐居乡间创作了《君主论》、期期艾艾想得到复辟的美第奇家族赏识的政治家这样感概。为什么在娱乐至上的当代要重读心忧天下的马基雅维利？不是说好了秉烛夜游、花底醉卧吗？法兰西公学院历史学教授帕特里克·布琼（Patrick Boucheron）给出的理由是：居安思危。"历史上每次对马基雅维利的再度关注，都是在风雨即将到来之时，因为他是善于在暴风雨中进行哲学思考的人。如果今天我们重读马基雅维利，那肯定是又有什么值得担忧的事情来了。他回来了，你们醒醒吧！"迫使我们阅读他作品的，不是安逸的现在，而是暗藏危机、风云诡谲的将来。

这同样也是我们今天重读荷马史诗的理由，西尔万·泰松（Sylvain Tesson）说荷马史诗也照进了我们的现实："当代的所有事件都在史诗中找到回声，更确切地说，历史上的每一次动乱都印证了荷马史诗中的预言。因此，打开《伊利亚特》和《奥德赛》就等于在看一份报纸。这份写给全世界看的报纸，一劳永逸，表明在宙斯的天空下，一切未曾改变：人还是老样子，是既伟大又令人绝望、光芒四射又内心卑微的动物。读荷马史诗可以让你省下买报纸的钱。"

四

2018 年的夏天，我拿到法国国家图书中心（CNL）的译者资助，在南法古老迷人的小城阿尔勒（Arles）待了一段时间，那应该是我第五次还是第六次在国际文学翻译学院（CITL）的梵高空间（Espace Van Gogh）小住了。黄白相间的拱形游廊围着一个四方的内庭花园，中间是一个圆形的小喷泉，向四周辐射出八条小径，建筑格局和当年梵高画作上的景色并无二致。我很喜欢在这个闹中取静的地方翻译、冥想、放空，仿佛时间暂停了，虽然楼下经常有观光客成群结队逛花园看摄影展，偶尔也有乐队在楼前的空地上演出。

学院只占整栋大楼的一翼，二楼是办公场所和图书馆，三楼是十个供各国译者小住的带阁楼的房间。房间逼仄，只摆得下一张大书桌和几个小柜子，有一个带淋浴的小卫生间，从木头楼梯可以爬上小到只能搁下一张床的阁楼。虽然装了空调和暖气，但老式房子的现代设施都不大灵光，夏天空调不够冷，冬天暖气不够热，网络信号慢且随时会断……但大家都觉得这种修院式的环境更适合翻译和创作。厨房、客厅、洗衣房和一个很小的乒乓球室是公用的，还有种着草花的大露台，可以搬桌椅出来吃饭，也可以晾晒衣物床单。没过几天大家就熟识了，虽然来自不同的国家，但在这个文学翻译的共同体里很快就有了默契，半集体生活其乐融融，译者们时不时切磋翻译上遇到的问题，但大多数时间都各自关在房间里和文字单打独斗。

我当时正在对《两性：女性学论集》的译稿做最后的校对修订工作，偶尔也到楼下的图书馆查查资料。图书馆的入口有一个小展台，摆放着几本当季特别推荐的新书。封面上地中海蔚蓝色的背景和古铜色的剪影在第一时间吸引了我的目光。于是，那个夏天我和西尔万·泰松笔下的荷马初次相遇。

2018年底，当上海文化出版社的编辑联系我翻译这本书时，我没有惊讶，我一直相信吸引力法则，也很期待精神层面上的第二次握手。这本书的翻译断断续续花了我一年多时间，其中有一个多月是终于完整重读了以前几次都没读完的陈中梅翻译的《奥德赛》和《伊利亚特》。所以，和泰松一样，我也很感谢有这样的契机，"让我有机会沉浸在《伊利亚特》和《奥德赛》这两部经典之中。一次在瀑布下的荡涤心灵之旅。同样，也感受到在一首诗中让自己焕然一新的欢愉"。以荷马诗歌的节奏呼吸，捕捉它的韵律，遐想着一场场英雄的战斗和乘风破浪的远行。

五

维吉尼亚·伍尔夫在一封信中曾经写过："有时我想，天堂就是持续不断、毫无倦意的阅读。"的确，阅读给予我们的，可以是忘我是销魂，也可以是自觉是警醒，仿佛一次次走进不同的平行世界，每一次走出来的时候，已然是另一个自己。

"自由就是明知命运不可战胜仍向它迈进……虽然我们不知道是在哪一天、哪一刻，却知道生命终会落幕。难道这能阻止我们翩然起舞吗？"西尔万·泰松说："总之，生活还是要继续，要唱着歌，走向既定的命运。"

或许这就是在当代文学大家的引领下阅读（重读）经典给我们最大的启示：不管你选择与哪一本书、哪一个作家相遇，通过一种信马由缰、达达主义式的阅读，都会让我们走向另一个世界，走向另一个自己。

2021 年 5 月，和园

译 序

所有这个大城市扔弃的，所有他丢失的，所有被这个城市蔑视的，所有被毁坏的，他都将它们分门别类，收集起来。他查阅着大吃大喝的档案、被杂乱堆放的废品。他像摸彩般做着聪明的挑选；他将它们捡起来，仿佛一个守财奴捡起财宝，那些垃圾，被工业的神圣重新反刍，成了有用的、让人享受的物品。

——《波德莱尔全集》第一卷，第381页。（引用自本书第二十八章——污泥与黄金）

这是波德莱尔笔下的城市拾荒者，也是诗人对自身处境的隐喻。在波德莱尔的眼中，拾荒者是第欧根尼式的哲学家、自由的流浪者、无忧无虑的梦想家。在现代社会所产生的腐败物之间，在这场黄金与污泥的游戏里，诗人仿佛一个徘徊在街巷之间的拾荒者，在废弃的泥泞中，寻找被丢掉的艺术的王冠。

波德莱尔是现代化文明的反叛者，他猛烈抨击一切，极度厌恶进步、民主和平等，不相信完全美好的感情，蔑视几乎所有的同侪。他热爱美，坚信艺术的力量，却时常陷入矛盾和怀疑，无休止地生活在焦虑和惊慌之中。在世人的印象里，波德莱尔似乎是痛苦与死亡的同伴，是激愤与忧郁的化身。我们很难给诗人下一个明确的定义，因为在他的身上，有着所有人性底色中最脆弱、最真实的悖论：

他饶有兴趣地破坏着关于进步的所有信念，将启蒙主义视作自卢梭以来不断扩展的异端邪说，却又坚信艺术的力量可以让人类走出精神的沼泽；

他崇尚"纨绔"的崇高生活和一切美好的东西、厌恶所有职业，却又比任何人都要更多地谈到工作。诗人总是很难投入工作之中，看上去游手好闲，却又常为自己的无所作为而自责，因自己的懒惰而痛苦万分；

他曾试图戒掉酒精和印度大麻、离开他的情妇，希望过上一种更加圣洁而审慎的新生活，却因债务、账单和财务状况而无法脱身，对《恶之花》的指控和压在他心头的写作计划也让他的精神饱受煎熬；

他反对技术的进步，将报刊视作一种对普世暴行的沉醉，认为摄影亵渎了人与图像之间的关系、加快了道德的堕落，但他从未停止在报纸上发表自己的作品，也没有人比他更擅于摄影，并给我们留下许多绝佳的照片……

正如阿纳托尔·法朗士所说，波德莱尔并非吟咏罪恶的诗人，他是描写原罪的诗人。在他的笔下，一幅幅光怪陆离的巴黎图景徐徐展开，新修的街道、新装的路灯、露天的餐厅、喧哗的剧院、妓女、拾荒者、醉汉、独行的旅人……向现代城市转变的巴黎充满着高亢的嘈杂，散发着腐朽、革新、进步的杂乱氛围。在那个文学艺术争鸣的年代，巴尔扎克、雨果、福楼拜、欧仁·苏、德拉克洛瓦一众大师争相涌入巴黎的文艺界，面对宗教争论、资产阶级革命和工业革新，社会迸发出无与伦比的活力。而波德莱尔敞开了自己的胸膛，暴露出灵魂中的孤独、忧郁、厌倦、激愤，在沉沦中渴望自律、健康、光明的求索。

这位法兰西历史上最伟大的诗人，在他身后的巨大声名与生前痛苦的困境之间，在无数不朽的诗句和矛盾的思想之下，是一个彷徨而至诚的灵魂。他激起过人们内心最深处的共鸣与憎恶，对诱惑的抵抗以及对沉沦的向往。在他的诗中，有对危险边缘的感知，对脆弱的细微洞察，对人性明灭的窥伺。诗人比任何人都清醒地看到人性污浊与光明交织的底色，试图用诗歌的美、力量和深度，唤起读者心中沉沦与反抗的苦恼，使我们在正视社会和人生时所经历的种种矛盾和挣扎时，找到回音。

本书的作者是法国著名文学批评家、法兰西学院教授安托万·孔帕尼翁，曾在法国索邦大学和美国哥伦比亚大学任教，凭借《理论的幽灵——文学与常识》在文学理论界产生过深远的影响，他本人亦是法国著名文学史专家和作家。正如孔帕尼翁所言，夏天或许不是波德莱尔最钟爱的季节，却无疑对诗人的创作产生过恒久的影响。1841年6月，年仅二十岁的波德莱尔被继父遣往南太平洋远行，尽管他仅仅到了波旁岛（今天的留尼汪岛）便迫不及待地搭船返回法国，这一段海上经历仍给他带来了取之不尽的创作灵感。

一望无际的大海、海上明亮炽热的阳光、异域的风光和情调给他的创作提供了广阔的空间。正如本书作者在书中所说，"诗人在人与大海之间找到了一种相似性，或者说是一种联系，而大海之于他，就像一面镜子。正如人有双重性，有好的一面与坏的一面，海也有它的另一副面孔，就是波德莱尔在领略海上风光的同时，所看到的那恶劣的一面。"（引用自第四章：海）。

大海有无情的平坦，也有温柔的深渊，令人心醉神迷，也让人常生惊惧，正如人一般，在无情的善与萌生着希望的恶之间，找寻着真理。

在本书中，安托万·孔帕尼翁从诗人的生活经历和文学创作出发，为我们讲述了他的家庭生活、政治思想和文学理念，仿佛是徜徉在波德莱尔浩瀚一生中的漫游者，试图用别具一格的视角、散文式的语言，去捕捉波德莱尔每一个细微而又值得推敲的思想火花，窥探诗人的足迹、感受和遐想，并用自由而诗意的笔触，试图创造一种抒情性的文论方式，希望引导读者走上一条小路，开启一段非凡的冒险。

甘露

2021 年 4 月于南京

目 录

引言

"夏天不过是昨日"

还有什么比"与波德莱尔共度的夏天"更让人感到荒谬的呢?在熟悉《恶之花》(*Fleurs du Mal*)的人看来更是如此。因为夏天本不是我们的诗人最钟爱的季节。

谁曾吟唱夏天呢?

正午,夏日的王者,漫洒在原野之上,

仿佛蓝色天空下,铺上了一层银色的山岗。

这句诗来自生于印度洋中波旁岛①的诗人勒贡特·

---

① 波旁岛(Île Bourbon),即留尼汪岛(Réunion),是印度洋西部马斯克林群岛中的一座火山岛,为法国的海外大区之一。法国人占领该岛后,以法国王室波旁家族命名,法国大革命后,被改名为留尼汪岛。——若无特别标注,本书脚注皆为译者注。

德·列尔①，而不是波德莱尔，这个在奥特弗耶（Hautefeuille）窄窄的巷子里出生的巴黎的孩子。

波德莱尔是黄昏的诗人，他吟咏阴影、悔恨与秋日。《秋歌》（*Chant d'automne*）由加布里埃尔·福莱②改编成乐曲，常常被普鲁斯特（Proust）所引用，是《恶之花》中最令人印象深刻的诗歌之一：

> 很快我们便将沉入冰冷的黑暗之中；
>
> 永别了，太过短暂的夏日里那活泼的光亮！
>
> 我已然听见树枝掉落的悲哀声响
>
> 在庭院的小路上回荡。

---

① 勒贡特·德·列尔（Leconte de Lisle, 1818—1894），法国高蹈派诗人。出生于留尼汪岛圣保罗，年少时期被父亲送到印度修行，后回到法国雷恩上学，主修希腊文、意大利文和历史。1846年定居巴黎，1886年被选为法兰西学院院士。他写了三部诗集，《古诗》（1852）、《野诗》（1862）和《悲诗》（1884），还翻译了古代希腊诗人的作品，如荷马、欧里庇得斯与赫西俄德等人的诗集。文中的诗句来自于他的诗歌《正午》（*Midi*）。

② 加布里埃尔·福莱（Gabriel Fauré, 1845—1924），法国作曲家、管风琴家、钢琴家和音乐教育家，以声乐和室内乐闻名，在法国近代音乐的发展中起到了重要作用。

晚秋时节，随之而来的回忆与想象、消沉与忧郁、官能的体验与情感的意识难舍难分，这些才是我们对波德莱尔的感知：

在这单调的声音抚慰之中，

我似乎听见某处有人匆忙地将棺材钉响。

这棺材为谁而钉？——夏天不过是昨日，今天已是秋光！

神秘的声音啊，如启程已在弦上。

我爱您长眼浅绿的流光，

温柔的美人，今日我却事事堪伤，

您的爱情，您的闺房，甚至您壁炉的光亮，

对我，都不及海上光辉的太阳。

在这里，波德莱尔表达了对海上太阳和夏天正午阳光的永恒怀念。有什么比美好的季节更容易流逝的呢？更不用说，波德莱尔所赞颂的，是象征着衰落的太阳西沉，是半明不暗的朦胧或即将入夜的时刻，是夜晚的余晖，而非那清晨：

情人或姐妹，在那壮丽的秋日或太阳西沉的
时刻
成为那倏忽而逝的短暂温柔吧。

人们常将暮色渐沉或是夜色降临与被爱慕的女人联系
在一起，而诗人所钟爱的，也是不同于夏天的其他季节：

哦秋末、冬日，还有那浸透了淤泥的春，
令人愈懒的季节！我喜爱、赞颂你们！①

在夏天谈论波德莱尔，就如一场冒险的博弈，抑或是
比谈论蒙田或普鲁斯特更荒诞的选题。波德莱尔曾有过阳
光炙热的日子：二十岁的时候，他被继父遣去南太平洋②远
游，而他在海上转了个弯，去了波旁岛，很快辗转抵达圣

---

① 波德莱尔《雾和雨》(*Brumes et pluies*)，出自《恶之花》。
② les mers du Sud，字面意思是南部海域，为法国大革命之前的用语，指西班牙王
国统治下的太平洋海岸，例如秘鲁或波托西。

路易岛①的北岸。除了在翁弗勒尔（Honfleur）的母亲那里短暂逗留和最后在布鲁塞尔的不幸流亡外，波德莱尔从此再也没有离开过巴黎。

似乎"与波德莱尔共度的秋天"才是更为应景的题目，这个衰亡的季节，日头渐短，猫咪也在壁炉边缩成了一团。除此之外，还有两三个原因，让这个挑战变得更为棘手。

首先，《与蒙田共度的夏天》在电台和书店都获得了始料未及的成功，不论是听众，还是看过从 2012 年夏日的节目整理成书的读者们，都集体倾心于《随笔集》。仿佛一个很可疑的标杆，两年后，我应菲利普·瓦尔（Philippe Val）和劳伦斯·布洛克（Laurence Bloch）的邀请，重新拿起话筒，不求做得更好，只希望水平不要太过下滑，也不要太令人失望就好了。

其次，波德莱尔是个比蒙田更加冒险的选题。人们喜爱《随笔集》的作者，是为他的诚恳、节制和谦逊，以及他的善良和博大。他是一个朋友，一位父亲，"因为那是

---

① 圣路易岛（Île Saint-Louis），位于巴黎，是塞纳河上的两个天然河岛之一，以法国国王路易九世的名字命名。

V

他，因为这是我"，他写作了唯一一本大家愿意放在床头柜上的巨著，人们每晚重读几页，以期更好地去生活，更加智慧、更加人性地活着。《恶之花》甚至《巴黎的忧郁》(*Spleen de Paris*) 中的波德莱尔则是个受伤的人、苦涩的人，是残忍的剑士、疯狂的天才和失眠的激进分子。

他的作品更加复杂、分散：用韵文体和散文体写就的诗歌、艺术评论、文学评论、私密信件、讽刺作品或抨击文章。第二帝国的法律曾将他定罪，他的同辈人给我们留下了关于他数不清的离经叛道的轶闻。尽管在他生命的尾声，出现了所谓的"波德莱尔学派"——这个说法很能激怒我们的诗人——但需要经过长久的等待，他的作品才被纳入学校的教育体系中。甚至直到今天，当高中生们学习他的一些韵文体或散文体的诗歌时，仍会长久地为之震惊。波德莱尔在很多方面是我们的同辈人，而他的一些观点在我们看来似乎并不那么令人愉快，甚至让我们忿忿不平。

最后，谈论蒙田时的自由和从容令人惊喜，我希望用同样的"轻快而跳跃"来讲述波德莱尔。不用担心是否面面俱到，只希望能够让大家喜欢上这样一位诗人——尽管

诗人自身并不为之孜孜以求——至少能为大多数买书的人
指出一条通向《恶之花》与《巴黎的忧郁》^① 的小径。

---

① 本书中提到的波德莱尔作品的版本来自七星文库:《波德莱尔全集》,克洛德·皮
舒瓦主编,伽利玛出版社,1975—1976,两卷本(卷一与卷二);《波德莱尔通信
集》,C.皮舒瓦和让·齐格勒主编,伽利玛出版社,1973,两卷本(通信集卷一
与通信集卷二)。——原书注

第一章

欧比克夫人

一

我没有忘记，在城市的不远处，

那小而安静的，我们白色的房屋；

波莫娜和维纳斯的石膏像

孱弱的树林掩映着她们裸露的躯体，

傍晚的太阳流光溢彩

在镜子上摔成碎块，

仿佛天空好奇的眼睛在张望，

望着我们漫长而安静的晚餐，

与祭台蜡烛美丽的倒影一同洒落在

那简陋的餐桌与粗布窗帘之上。①

———————————

① 《我没有忘记……》，出自《恶之花》。

2

为什么直接从这首《恶之花》里连标题都没有、常常被忽略的小诗切入呢？因为波德莱尔本人很依恋这首诗，这也是他诗集里最个人、最私密的几首诗之一。在1857年《恶之花》出版之后不久，波德莱尔写信给他的母亲欧比克夫人（Mme Aupick），抱怨她没有注意到一首为她而作的诗。这首诗既没有题目也没有清楚的暗示，因为波德莱尔"害怕会亵渎家庭隐私"（《波德莱尔通信集》卷一，第445页），而正是这首诗，讲述了诗人曾经拥有过的、为数不多的幸福时刻。那是诗人的童年，在父亲刚刚去世和母亲第二段婚姻之间的时期，那时母亲完全属于他一个人。

　　他父母的结合十分怪异，在诗人1821年出生的时候，他们还是新婚不久，但他的母亲那时只有二十八岁，而他的父亲已经六十二了。弗朗索瓦·波德莱尔（François Baudelaire）是18世纪的人，从前当过牧师，业余还是一位画家，在小夏尔还没到六岁的时候便去世了。不到两年时间，他的母亲再嫁给了一个姓欧比克的军官。波德莱尔或许从来都不知道，母亲很快生了一个女儿，女儿一生下来便夭折了。

3

他们之间最亲密的美好时光仅仅持续了 1827 年和 1828 年的两个夏天，正如波德莱尔在 1861 年给欧比克夫人的信中所写，是"母爱温柔的幸福时光"（《波德莱尔通信集》第二卷，第 153 页）。诗人与母亲一同住在讷伊（Neuilly）的一座"白色的房屋"里，就像诗中写道，"小而安静"。诗人不停地回忆着当太阳余晖穿过窗帘照到桌子上时，他们那"漫长而安静的晚餐"。

就是这样的夏天，童年的美好夏日，从未遗失的夏日。波德莱尔自此之后就没有体验过如此的幸福。很快，他跟着母亲和继父一起去往里昂的驻地，之后在路易大帝中学（collège Louis-le-Grand）寄宿。诗人与欧比克上校，也就是后来的欧比克将军之间的关系十分紧张，于是，在那些关于回忆的诗歌里，与母亲在讷伊的亲密关系成为隐藏在他诗歌深处的宝藏。终其一生，他都梦想着与母亲在那样的关系中重逢。

在 1857 年欧比克将军去世不久后——大约在《恶之花》出版的前几个月——欧比克夫人回到了翁弗勒尔，住在另一间小小的房子里，波德莱尔叫它"小房子"（maison-joujou）。从此，诗人都在考虑是否与她重逢，是否从巴黎的地狱中逃脱，是否在她身边享受安宁这些问题。终于，1859 年，波德莱尔在母亲那里停留了数月，这也是他一生最后一个光辉灿烂的诗歌创作期。

波德莱尔与母亲的通信令人心碎动容，当这些信件在 20 世纪初出现在世人面前时，诗人的声誉也因此被改写。他和母亲之间的争吵从没有停止过，吵完了又会道歉、辩白和内疚。当波德莱尔在那慕尔（Namur）的圣卢普（Saint-Loup）教堂跌倒后，他的健康状况便每况愈下。1866 年 3 月，欧比克夫人来到布鲁塞尔照顾波德莱尔，但他却骂了他的母亲，除此之外他什么也不想对她说。如此，他的母亲只能很快离开，回到了翁弗勒尔。

如果说，她未曾注意到"我没有忘记，在城市的不远处"这句诗写的是她，《恶之花》中的第一首诗《祝福》（Bénédiction）则一定不会被她忽略。在这首诗里，诗人的出生以及诗人的整个存在，都被表现在对世界的诅咒中，但首当其冲是对给予他生命的女人的诅咒：

当至高无上的天神喻示他的法令，

诗人在这令人厌倦的世界出生，

5

他惊惧的母亲连连咒骂

对着怜悯她的上帝握紧了双拳：

——"啊！我宁愿生下一团毒蛇，

也不愿喂养这招人讥讽的东西！

该诅咒的是那短暂的一夜欢愉

我的腹中在那刻接收了那赎罪的祭礼！"

在波德莱尔与他的母亲之间，误会与隔阂从未停歇。

第二章

现实主义者

想想我们曾目睹的吧，我的灵魂，

在那温柔的夏日清晨：

小路转角那具腐尸污秽而肮脏，

躺在碎石铺就的床上，

双腿高抬，仿佛淫荡的女人，

灼热的身体，汗液里也都是毒素，

漫不经心而又玩世不恭地

张开了她散发着气味的腹部。

1857 年，在《恶之花》遭到诉讼的时候，帝国的代理检察官欧内斯特·皮纳尔（Ernest Pinard）以现实主义的罪名指控波德莱尔："他的原则，他的理论，便是将一切都刻画出来，将一切赤裸裸地展露。他在最隐秘的深处挖掘人类天性；为了将其表现出来，他用最生动有力、最惊心动魄的语言夸大人性丑陋的一面；他的过度夸大，都是为了给人留下强烈印象，引起感官的刺激。"这里并没有提到"现实主义"这个词，但这正是法官判决的主要理由，法院命令删掉其中的六首诗，因为它们"粗劣的现实主义必然会导致感官刺激，让人的羞耻心被触犯"。

波德莱尔因为细致描写而被判罪，因此我们可以称他为现实主义者。在混乱之中，现实主义这个称呼便给了库尔贝的画、福楼拜的小说，还有波德莱尔的诗歌。自从1851 年 12 月 2 日的政变之后，波德莱尔便离现实主义越来越远，但他仍然认为自己是现实主义者的一员。库尔贝曾在 1847 年为他画了一幅肖像（蒙彼利埃法布尔博物馆藏），同样的形象后来也出现在他 1855 年的作品《画室》（*L'Atelier du peintre*）（奥塞博物馆藏）的一角。皮纳尔宣称，这种现实主义源自艺术家放荡不羁的生活，是"古典的对立面"、高雅的敌人：这种革新嘲弄了审美标准，也密谋反对资产阶级社会生活。

《包法利夫人》那时刚刚因为违反道德而被指控。现实主义意味着一部作品不包含任何道德审查，作者不加介入地呈现他所看到的一切，不评判也不指控。福楼拜被宣告无罪，因为他有一个富裕的资产阶级家庭在背后支持着他。相反，波德莱尔的律师甚至不敢提到诗人的继父，这位刚刚去世的欧比克将军曾经于 1848 年统领巴黎综合理工学校，后来成为帝国制度下的贵族、外交官和参议院议员。

《恶之花》其中的几首诗被判定为现实主义作品，尤其是因为它们刻画了女人之间的爱情。莱斯波斯（Lesbos）身陷丑闻，还有厄洛斯（Éros）——正如在《致一位过于快乐的女郎》（*À celle qui est trop gaie*）中一样："我的姐妹，从你那里倾注进我的毒剂！"，这是一个沾染着堕落意味的厄洛斯。

同时，波德莱尔身上现实主义的另一面也使他第一批有着正统思想的读者颇为震惊，也就是《腐尸》（*Une charogne*）的读者们。很长时间以来，这首诗都被无数读者视为《恶之花》中的代表作：

> 太阳照射着这腐烂，
>
> 像要把它烤炙得恰到好处，

仿佛要向大自然百倍地归还

它结为一体的造物；

天空凝视着这骨架，多么绝妙

像花朵盛开绽放。

臭气那样地强烈，你觉得就要

昏厥在草地之上。

圣伯夫（Charles Sainte-Beuve）看到这样的句子，指责波德莱尔"模仿彼特拉克的文体来描写可怕的东西"，而在波德莱尔尚未被纳入学校教育体系之时，初中生们就已经花很多时间，躲着他们的老师，在操场上背诵这些诗句。

然而，为了显露或彰显《腐尸》的现实主义特点，对自然的刻画不再迎合其美好之处，而是着眼于其腐败和堕落、丑陋与令人憎恶的一面。我们需要忘记虚空派（Vanité）的传统，或者是在巴洛克诗歌中所体现的 *memento mori*——"记得你终有一死！"——这已经背离了古典审美《恶之花》所植根的传统，是 16、17 世纪法国诗歌所留下的遗产，是人们所谓的病态的现实主义。

第三章

古典

无精打采的灯映出苍白的光亮，

深深地陷入浸满气味的靠垫，

那是希波吕忒梦见动情的爱抚

为他掀开烂漫青春的帷幔。

她找寻，透过被暴风雨迷乱的双眼，

在她的天真里，寻觅早已远逝的天，

似一位旅者转过头来

向着清晨走过的蓝色地平线。①

————————————

① 来自《被诅咒的女人——黛尔芬与希波吕忒》（*Femmes damnées-Delphine et Hippolyte*），首次发表于 1857 年第一版《恶之花》，属于被勒令从诗集中删去的六首"有伤风化"的诗之一。

普鲁斯特常常将波德莱尔与拉辛（Racine）相比较，例如在 1921 年诗人诞辰百年的时候，他在《新法兰西评论》（*La Nouvelle Revue française*）发表了一篇文章，题为《关于波德莱尔》："没什么比《费德尔》（*Phèdre*）更具有波德莱尔的风格了，也没有什么比《恶之花》更能与拉辛甚至马莱伯（Malherbe）相称。"1921 年，人们终于对波德莱尔有了一致的看法，将其评价为法兰西伟大的诗人，并逐渐取代了维克多·雨果的至高地位。将其比作拉辛成了一种赎罪般的陈词滥调，但普鲁斯特在 1905 年便如此宣称，那个时代，波德莱尔尚未从丑闻中脱身："我们能否认为他是一个堕落的人？大错特错。波德莱尔甚至都不算是一个浪漫主义者。他像拉辛一样写作。我可以给你们举出二十个例子。"

很长时间以来，波德莱尔都被认为是一个颓废堕落的人，自从泰奥菲尔·戈蒂耶（Théophile Gautier）在 1868 年作者死后出版的《恶之花》的序言中提到过这一点后，1887 年，一些波德莱尔具有自传性质的手稿——《烟火》（*Fusées*）和《我心赤裸》（*Mon cœur mis à nu*）的出版更加强了这种印象。然而 1918 年波德莱尔与母亲的通信出版，则让我们看到了一个不那么矫饰，更具有悲剧性的诗人形象。普鲁斯特还揭露了这两个形象之间的相近："抛去其他的不谈，这是一个基督教诗人，正因如此，就像博须埃①、马西永②一样，他永远都在谈论罪孽。我们都知道，就像所有的基督徒都有他们歇斯底里的一面……他也曾经历过萨德式宗教亵渎的时刻。"这种表述令人震惊，它用简洁的语言概括了波德莱尔这个名字前面被加上的所有修饰语（他在 1864 年的时候被称为"歇斯底里的布瓦洛"）。

古典的波德莱尔：普鲁斯特重新找回了阿纳托尔·法朗士③对波德莱尔的评价。这位评论家在 1899 年为诗人呼救，因为在《烟火》和《我心赤裸》出版后，保守主义批评家费迪南·布吕内蒂埃（Ferdinand Brunetière）谴责其中部分内容骇人听闻。阿纳托尔·法朗士承认波德莱尔曾经的"邪恶和堕落"，后者"装出一种魔鬼般花花公子的派

---

① 博须埃（Jacques-Bénigne Bossuet, 1627—1704），法国主教、神学家、演说家，著有《哲学入门》《世界史叙说》等，是路易十四的宫廷布道师，宣扬君权神授与国王的绝对权力。
② 马西永（Jean Baptiste Massillon, 1663—1742），法国主教。
③ 安纳托尔·法朗士（Anatole France, 1844—1924），法国作家、文学评论家、社会活动家，1921 年诺贝尔文学奖获得者。

头，在如今看来非常令人不快"，同时称赞了诗人身上的古典主义，并引用了1857年被判罪的《被诅咒的女人》的第三节：

> 无力的泪水缓解了她双眼中
>
> 疲惫、错愕和沉郁的快感，
>
> 被征服的双臂，似徒劳的武器，
>
> 一切，都为她易碎的美丽作打扮。

法朗士说，在这些诗句里，"在所有的当代诗歌中，难道还会有……比这一节更美的吗？这种感官欲望的疲倦，就像是一幅完成了的画作。……在阿尔弗雷·德·维尼（Alfred de Vigny）① 自己的身上，还有什么比诗人赋予'被诅咒的女人'的、充满怜悯的诅咒更优美的呢？"

波德莱尔式的传奇完全被颠覆。正是在那些被指控为色情写实主义和腐化堕落的诗句里，阿纳托尔·法朗士发

---

① 阿尔弗雷·德·维尼（Alfred de Vigny, 1797—1863），法国诗人、军官，浪漫主义早期先锋。

现了古典主义的最高峰："注意看，我忽然想到，波德莱尔的诗句是那么古典和传统，而又如此充盈。"

从很早开始，人们为波德莱尔辩护时就指出《恶之花》的古典性、诗歌的和谐、音乐性和饱满性，譬如其中"最杰出的几首"——《应和》（Correspondances）、《瓶》（Le Flacon）、《头发》（Le Chevelure）和《异域香水》（Parfum exotique）这几首为人们熟记的最富有旋律性的诗，尽管兰波在 1871 年认为这种古典主义被严重限制了："人们常常吹捧的所谓形式其实十分平庸：不为人知的创作往往需要些新的形式。"

所谓古典主义作家，正如罗兰·巴特（Roland Barthes）所说，是人们会在课堂上教授给学生的作者。当波德莱尔进入学校课程体系中①，而他的作品给予人们阐释的空间时，我们开始研究那些阿纳托尔·法朗士和普鲁斯特所说的、最古典的诗歌，譬如《美人》（La Beauté）这种技艺精湛、形式上臻于完美的杰作，或者是《夜晚的

---

① 原文 explicateons de texte，指法国文学课老师布置给学生做的典型练习，学生需要书写相关作者的文学评论论文。

和谐》（*Harmonie du soir*）、《阳台》（*Le Balcon*）、《旅行的邀约》（*L'Invitation au voyage*）等富有音乐性、旋律感的纯净的诗篇。

第四章

海

夏天，是庆祝海的时刻，让我们梦想着愉快地在海水中沐浴，怀抱海浪，驱散所有烦扰，忘记自己。《恶之花》中的一首诗这样赞颂大海：

自由的人，你将永远珍视大海！

大海是你的镜子；在它永不停息的波浪翻滚中

你注视着你的灵魂，

而你思想的深渊并非不那么苦涩。

你满足地沉浸在自己的形象之中；

你用自己的双眼、臂弯和你的心去拥抱它，

有时被它自己的嘈杂所分心

分心在那野性和难以驯服的埋怨声里。①

　　这片温柔的海欢欣而令人陶醉，是波德莱尔在 1841 至 1842 年间"漫长的海上航行"时会遇到的大海，也是他的继父欧比克将军想象中的大海，后者也是为了让他远离故土，远离"巴黎肮脏的下水管道"。那个时候波德莱尔尚未成年，离开巴黎前一年的放荡生活和波西米亚式的肆意挥霍，让他白天黑夜地累积着债务。很长时间以来，这片大海充满了他对异域风情的记忆。

　　下面就是后来他在一篇传记性质的笔记中，对那次旅行所做的总结：

　　印度之旅（经一致同意）

　　第一次冒险（船的桅杆折断）亚当船长。（毛里求斯，波旁岛，马拉巴尔，锡兰，印度斯坦②，

_____

① 出自波德莱尔的诗《人与海》（*L'Homme et la mer*）。

② 锡兰和印度斯坦今为斯里兰卡、印度等国。——编者注

好望角；愉快的散步）。（《波德莱尔全集》第一
卷，第 784 页）

波德莱尔在此夸张和美化了这次经历。他实际上是从
波尔多登上了一艘前往加尔各答的船，但他拒绝去往比留
尼汪岛更远的地方，又重新起航回波尔多。大约到好望角
时，一场恶劣的飓风折断了桅杆，船只几乎迷路。在毛里
求斯岛，他度过了一段惬意的时光，与奥塔尔·德·布拉
加尔（Autard de Bradard）夫人一起散步，他写了一首
《致一位克里奥尔的夫人》（À une dame créole）献给后者。
但他既没有去过马拉巴尔，也没去过锡兰或是印度斯坦。

诗人在人与大海之间找到了一种相似性，或者说是一
种联系，而大海之于他，就像一面镜子。正如人有双重性，
有好的一面与坏的一面，海也有它的另一副面孔，就是波
德莱尔在领略海上风光的同时，所看到的那恶劣的一面。
在人与温柔的海之间，他们的联系是感官的，就像男人与
女人之间一般。然而，大海也带来了如深渊般的焦虑，就
像第一小节中令人不安的韵脚：mer（海）和 amer（苦
涩）。海如同人一般，常有心醉神迷，亦处惊惧之中；它本

24

身也具有二重性和翻转性。这也就是为什么，诗歌在最后
两个小节陷入了深沉的焦虑之中：

> 你们两个都是阴郁而谨慎：
>
> 人啊，无人探过你的深渊之底；
>
> 大海，无人知道你最隐秘的宝藏，
>
> 你们如此多疑地守护着你们的秘密！

> 然而已过了不知几个世纪
>
> 你们争斗着，不知怜悯与悔恨，
>
> 你们是那样喜欢杀戮和死亡，
>
> 永恒的战士啊，注定的兄弟！

人与海，两者都深奥莫测、焦虑而不安，永远都在互
相争斗着。大海给了人类永恒的信念，寻求一种超验与理
想化。就像波德莱尔在《我心赤裸》中所注解的那样：

> 为什么海上风光是如此无穷而又永恒地惬意着？
>
> 因为大海给了我们一种既广阔无垠，又起伏

动荡的理念。六七里①地对于人类而言，便是一片无穷的范围。这便是无穷的缩影。而它是否真的能够代表绝对的无穷又有什么重要的呢？（《波德莱尔全集》第一卷，第696页）

与此同时，在它无情的平坦之中，地平线隐约溢出，大海变成了"威胁"的近义词；它既象征着信心，又意味着绝望。海的声音，它的喧哗嘈杂，是无数人的嘲弄，令人害怕，就像诗人在《顽念》（*Obsession*）中所写：

> 我恨你，大海！你的翻腾和蹦跳，
>
> 我的精神感同身受；被征服的人，
>
> 苦涩的笑，遍是抽泣与凌辱，
>
> 在大海的狂笑中，我听到他的声音。

或是《七个老头子》（*Sept Vieillards*）的结尾：

———————————

① 此处指法国古里，一古里约合4公里。

我的理智徒劳地想抓住栏杆；

风暴肆虐，它的努力迷失了方向，

我的灵魂跳呀，跳呀，像破旧的驳船，

没有桅杆，在暴虐又无边的海上！

没有什么比大海更能刻画出撩人的欲望与折磨了。

第五章

暗淡的航灯

波德莱尔不喜欢他的时代，在他的眼中，那个时代天真地信仰着进步。进步的宗旨以各种形式出现，技术的、社会的、道德的、艺术的，成为19世纪"唯一的思想"：

> 这是一个潮流所向的巨大错误，对此我希望
> 能与之保持与地狱一般的距离。——我想要谈一
> 谈这种进步的理念。这盏暗淡的航灯，哲学诡辩
> 的现世发明，短暂地既不遵从自然，也无神性的
> 保障，这个现代派的灯笼在所有我们认知的物体
> 上照出了黑暗；自由失去知觉，惩罚消失不见。
> 希望能看清历史的人首先要做的，便是将这盏阴险
> 恶毒的航灯熄灭。这个荒诞可笑的理念在现代派妄

自尊大的腐朽土地上开出了花朵，让所有人抛弃了他们的义务，让他们的灵魂从责任中释放出来，让人放弃了追求美好的意愿：种族被削弱，如果这种令人痛心的疯狂持续很长时间，减少的美好将靠在死亡的枕上，陷入因衰颓而颠三倒四的睡眠。这种自命不凡是对颓废的诊断，而这颓废早已太过明显。（《波德莱尔全集》第二卷，第580页）

波德莱尔这篇强有力的反对进步意识形态的抨击文章发表于1855年世界博览会之时，这是在1851年伦敦世博会开启工业风尚的数年之后，法兰西帝国为了彰显其现代化的决心而举办的一次盛会。他用了一些极富讽刺意味的术语组合，突出了进步自身的矛盾性，譬如"现代派的灯笼"和"暗淡的航灯"，也就是那些并没有什么魔力的灯，"照出了黑暗"。

波德莱尔的朋友，诗人与摄影家马克西姆·杜刚（Maxime Du Camp，他曾陪伴福楼拜去过东方）对新技术颇为奉承，他写的《现代诗歌》（*Chants modernes*）激怒了诗人。这首诗借世博之机，表达了积极进步主义的观点，稚气地歌颂了蒸汽、煤气和电力。后来波德莱尔嘲笑了杜刚，将 1861 年版《恶之花》的最后一首诗献给了他。这首诗便是《旅行》（*Le Voyage*），给出了"关于全世界的永恒报告"，也就是"不灭罪孽的恼人图景"，将世界描绘成"恼人的荒漠里骇人的绿洲"。《旅行》是波德莱尔送给这位为进步大唱赞歌的人的礼物，饶有兴趣地破坏了关于进步的所有信念。

这种现代的激情，激起了波德莱尔对同代人的唯物主义的愤怒。这些人根据带来科学与技术的运动模式构想风尚与艺术。波德莱尔揭露了启蒙哲学中对人完善性的理念，反对启蒙哲学人性本善的说法。在他的眼中，这是自卢梭以来不断扩展的异端邪说，其结果是道德的腐化堕落，因为人们总是期待历史来改善人类的境遇。"如果人们即使没有想要进步，也总处在进步之中，进步——甚至在睡梦之中——都是不可避免的"（《波德莱尔全集》第二卷，第 325 页），那么人类就没有什么需要付诸努力的了。

对于波德莱尔而言，人类在本质上是坏的，因为人被原罪影响，而被应用于现世道德的进步教条则消解了人类境遇中这种天生的"恶"。诗人将其归咎于维克多·雨果，认为后者完全被"所有 19 世纪所独有的愚蠢"（《波德莱尔全集》第二卷，第 229 页）所蒙骗，并用他自己的真理来反驳后者："可叹！自原罪以来，尽管经历了漫长的进步，还是能找到足够的痕迹，从中认识到那远古的真相。"（《波德莱尔全集》第二卷，第 224 页）

波德莱尔在"悲观主义"尚未在世纪末流行开来前，便是一个悲观主义者，而悲观主义的流行首先是归功于他的影响：

> 如果您去问一个有修养的、每日在小咖啡馆读报纸的法国人，他所听闻的进步是什么，他会回答说，是蒸汽、电力和煤气照明，这些都是古罗马人所不知道的奇迹，而这些发明充分表明了我们之于古人的优越性；进步给这些不幸的头脑带来了多少黑暗，物质与精神的优劣又是如此诡异地混在一起！这个可怜人完全被那些形而下的工业哲学家所美国化了，忘记了物质世界与道德世界、自然与超自然现象之间有诸多差异。（《波

德莱尔全集》第二卷，第 580 页）

绝不能将进步的概念应用于道德的范畴，因为人还是同样的人，也就是自然意义上的、本质令人憎恶的人。就像波德莱尔在《我心赤裸》中所写下的那样：

> 关于真正文明的理论。
>
> 它并不存在于煤气，也不在于蒸汽或是转动的轮盘，而在于原罪痕迹的减少。（《波德莱尔全集》第一卷，第 697 页）

当然，最让波德莱尔愤慨的，是将进步的教条应用于艺术领域，譬如认为现代艺术将过去的艺术淘汰，让后者变得毫无价值，似乎曾经的艺术就不再是艺术了。当"人们将现代社会的空想展现在他面前，像一个充气膨胀的怪兽，展现着不断完善和无限进步"时，德拉克洛瓦[①]愤怒地大声呵

[①] 欧仁·德拉克洛瓦（Eugène Delacroix, 1798—1863），法国浪漫主义艺术家，代表作为《自由引导人民》。

斥："那么我们的菲狄亚斯①在哪里？我们的拉斐尔②又在哪里？"（《波德莱尔全集》第二卷，第759页）这就是为什么，没有被进步所蒙蔽的德拉克洛瓦成了波德莱尔的导师。

---

① 菲狄亚斯（Phidias，约公元前490—前430），古希腊雕塑家、画家和建筑师，被认为是最伟大的古典雕刻家。

② 拉斐尔（Raphaël，1483—1520），意大利画家、建筑师，与达·芬奇和米开朗基罗合称"文艺复兴艺术三杰"，代表作《西斯廷圣母》《雅典学院》。

第六章

拖延

波德莱尔是一个喜欢做小结的人。他一直在自己的小本子和信件中做总结，特别是当他写信给母亲的时候。他曾经保证改变生活状态，戒掉酒精和大麻，离开他的情妇，开始一种更加健康、更加审慎的新生活，最终"永久性地"安定下来，摆脱自他二十多岁的放荡以来监护人对他的管束。在1855年12月，新一年来临的门槛边上，他曾向母亲吐露心声：

　　　　我完全厌倦了游走于小饭店和旅馆的生活；这简直要杀了我，把我囚禁起来。我都不知道自己是怎么忍耐到现在的……

　　　　我亲爱的母亲，您是如此不了解一个诗人的

生活方式，您甚至可能都不会理解这样做的理由，而这正是我最主要的恐惧所在。我不希望自己的人生无声无息地枯竭，不希望尚未有过稳定的生活，便要迎接衰老的到来，我决计不甘于此。我认为自己的存在无比珍贵，并不是说我比别人更有价值，而是对我自己而言足够珍贵。（《波德莱尔通信集》，第一卷，第 327 页）

波德莱尔的住所清单长得吓人。他总是在搬家，做着离开让娜·杜瓦尔①的失败尝试。在 1848 年诗人写给母亲的信中，他说："这个可怜的女人，我已经不再爱她，很久之前我对她便只剩下义务。"（《波德莱尔通信集》，第一卷，第 154 页）他一直希望下定决心，但从未为此付诸努力，例如 1865 年 1 月 1 日：

我最主要的任务，甚至是唯一的任务，就是让你快乐。我不停地在想这件事。我是否有希望

---

① 让娜·杜瓦尔（Jeanne Duval，1820—1862），波德莱尔的情妇和灵感缪斯。

做到呢？……我首先向你保证，这一年，你不需要再忍受我向你的求助……我还保证，这一年我都会让自己沉浸在工作当中。（《波德莱尔通信集》，第二卷，第 432 页）

减少支出，多投入工作：这些承诺最终都只是徒劳。自从他的母亲 1857 年回到翁弗勒尔，诗人不停说要去找她，但债务、账单和财务状况让他无法从巴黎脱身，这些对他而言既是一种罪恶也是一种救赎。他继续增加写作计划，以维持生计，使自己摆脱困境。长篇小说、短篇小说、正剧……他一遍又一遍地列出那些不可能完成的作品名称。于是在 1861 年他写道："我的愿望陷入了可悲的境地，如果我不管怎样都没法用健康的方式一头扎进工作里，那我就迷失了方向。"（《波德莱尔通信集》，第二卷，第 123 页）

在《烟火》的一些片段中，波德莱尔表露了他作为一个醒悟的伦理学家的清醒，但在《卫生》（*Hygiène*）中，他声称自己重新掌控了日常生活。节制饮食，控制睡眠，他认为自己可以为自己制定一套规矩，重新回到利于创作的生活状态。他比任何人都要更多地谈到工作，比任何人都有能力想象在工作中找到解脱：

> 我们越是想要什么，就越是会更好地去期冀。
>
> 我们越是工作，就会工作得越好，也就越想去工作。我们越是有所产出，就越变得多产。（《波德莱尔全集》，第一卷，第668页）
>
> 为了治愈一切，摆脱不幸、疾病和忧郁，需要的完全就只是"工作的欲望"（*Goût du Travail*）。（《波德莱尔全集》，第一卷，第669页）
>
> 如果你每天都工作，生活对你而言就更加容易忍受。
>
> 连续工作六天，不要懈怠。（《波德莱尔全集》，第一卷，第670页）

"工作"这个词在波德莱尔那里随处可见，但诗人总是很难投入工作中，写得也很少。和维克多·雨果的多产相比，薄薄的一册《恶之花》能有多重？雨果发表的诗歌赶得上波德莱尔一生所创作的数量，更不用说他上千页的小说，更是远超《巴黎的忧郁》或是《散文小诗》（*Petits Poèmes en prose*）里的五十多首。波德莱尔是个不寻常的作者，但后人常常指责他的创作困难和他作品的稀少。

我们想象出一个花花公子的形象，他游手好闲，仿佛一个游戏人生的浪子，善于享受每一个当下。然而事实完全相反：波德莱尔是一个忧郁的人，他因自己的无所作为而自责，因自己的懒惰而痛苦万分。他厌恶自己的拖延，梦想创作出更多的作品。1847 年，仍然年轻的他给自己的状态作了一个完美的分析："试想一种由永恒的不安所支配的永恒的闲散，还有对这种闲散的深深憎恶。"（《波德莱尔通信集》，第一卷，第 142 页）《忧郁和理想》（*Spleen et Idéal*）——在构成了《恶之花》的对立之后，是痛苦与工作。波德莱尔不知疲倦地歌颂工作，激励自己投入到工作中，但他注定厌恶工作，很难让自己去工作。

在《天鹅》（*Le Cygne*）一诗中，"工作"（Travail）和"痛苦"（Douleur）这两个词的首字母被诗人用了大写。就像波德莱尔在私下写东西时给自己的格言一样，工作这个词既是痛苦本身又是痛苦的解药，对忧郁、悲伤而言也是如此。波德莱尔渴望好好工作、更好地生活，以便更多地

42

投入其中，但他从来没有达成这个愿望。仍然还是在《卫生》中，他写道：

> 去翁弗勒尔！越快越好，在自己变得更加卑劣之前。
>
> 上帝已经给了这么多预兆和迹象，现在是采取行动的最佳时间，要将当前的分分秒秒当成最重要的分秒，在我日常的折磨中找到永恒的满足，那就是工作！（《波德莱尔全集》，第一卷，第668页）

1861年7月他写信给他的母亲："在翁弗勒尔需要完成的所有文学梦想，我不打算和你谈论它们。实在是说来话长……二十个小说的选题、两个正剧选题，还有一部关于我自己、我的忏悔的巨著。"（《波德莱尔通信集》，第二卷，第182页）而在1866年3月，在他最后的几封信中，诗人写道："我去翁弗勒尔定居的梦想一直都是我所有梦想中最珍贵的。"（《波德莱尔通信集》，第二卷，第626页）——这是个永远都不会实现的美好计划。

波德莱尔的作品很少，但作品的价值不能用体量来决定。后来，波德莱尔寥寥无几的诗歌最终超过了对手们数千行的作品。而不管怎样，他的消沉和拖延——这个懒惰、闲散、不创作和失败的循环——不也是他的作品取得成功所必不可少的条件吗？

第七章

忧郁

我就算是活了一千岁也没有这么多的回忆。

一件大家具，账单塞满抽屉，

还有诗篇、情书、诉状、浪漫的歌曲，

各类收据上，笨重的头发卷成团，

可它藏起的秘密远不及我愁苦的头脑。

这是一座金字塔，一个巨大的墓穴，

死人比公共墓坑里还要拥挤。

——我是座连月亮也厌恶的坟地，

悔恨凌乱就像长长的蠕虫，

追击着我最亲密的逝者。

我是间满是枯萎玫瑰的古老闺房，

里头一团杂乱的过时的式样，

唯有布歇（Boucher）的苍白，色粉画的

哀怨，

呼吸着打开的香水瓶的气味。

这首诗是《恶之花》中的第二首《忧郁》（*Spleen*），我觉得这也是我读过的或者有所感触的波德莱尔的第一首诗。高中二年级的那一天仿佛就是昨日，老师给了我们这首诗，让我们去评论，我还记得那个时候我受到的震动。在那个时刻，到底是什么打动了我？今天，我会说是那些出人意料的比喻，那些对具体的实物的认知：诗人将他的记忆比作一件带抽屉的巨大家具、一座金字塔、一个墓穴和一间闺房。然后这些回忆的容器以一个粗暴的韵脚收尾：头脑（cerveau）和墓穴（caveau）。

波德莱尔在一条自传性的注释中写道："童年：路易十六时代的古老家具，古董，执政府，色粉画，18世纪的社会。"（《波德莱尔全集》，第一卷，第784页）第二首《忧郁》的背后是属于熟悉旧制度的他父亲的那个世界。诗人没有未来，过去始终用它所有的重量纠缠着当下，将其占

据、麻痹、石化。

另外，还有可能打动我的，便是诗人的记忆那千年的维度，或是古老得无法追忆的深沉。这记忆不仅回溯到布歇的18世纪，更是回到了法老时代的埃及。忧郁和厌倦也达到了永恒的极限。就像是诗人自己已经死去，而他的死没有改变任何事情；又好像诗人与逝去的人一起活着，被判决永远无法死去，像已经死去一般永生，永远无法得到安宁。

这个幻想，"无法死去的焦虑"，在《恶之花》的很多诗中都有呈现。生命可以"没有终点"地自我延长，就像在《骷髅农夫》（Le Squelette laboureur）中的句子，"在墓坑之中，也不能保证那应许的睡眠"，以及"所有的一切，甚至是死亡，都将我们欺骗"。这个永远无法死亡的判决让人想到流浪的犹太人的传说，那些犹太人被迫不断游荡，一直到时间的尽头。"死亡，"约翰·E. 杰克森（John E. Jackson）写道："只不过是一种幻象，而死后的人生只不过是生命的永续，只是等待的延续，是所有活着的人都受到的判决。"这就是在《好奇者的梦》（Le Rêve d'un curieux）里随着死亡而来的"可怕的晨曦"中，诗人所观察到的："粗布已被揭开，而我还在等待。"就像戏院的幕布撒下，后面却空无一物。波德莱尔在 1860 年对母亲吐露道："我觉得自己不幸地被判决，活在这个世界上……过去的几年对我而言，仿佛几个世纪一般。"（《波德莱尔通信集》，第二卷，第 25 页）

什么也没有瘸腿的日头更长，

多雪的年头那厚重的雪片下，

烦闷，这忧愁无趣生出的果实

就有了永生的边际。

——从此，有生命的物质啊！你只是

一块被可怕的波浪包围的花岗石，

昏睡在雾蒙蒙的撒哈拉腹地；

一个被无忧世界抛弃的老斯芬克斯，

在地图上被遗忘，那一颗愤世的心

只能面对着落日的余晖歌唱。

生命变得如此难以承受，如此沉重，如此不成比例，就像是金字塔的石块一般。烦恼和忧郁攻陷了时间，将时间变成永恒。然而，迷失在荒漠的深处，诗人仍自比为一个"老斯芬克斯"，能够在太阳消失之际，面对夜晚的暮色，唱出最后一曲歌谣，好似一座曼农巨像。在无依无靠中，诗人仍在吟唱，而他留下了这首诗，如同最后的遗迹。尽管生命的绝望无穷无尽，艺术品、诗歌却能够有希望存续下去。

第八章

对于抨击

波德莱尔是一个粗暴的人（萨特曾指责他是个反叛的人，却不是一个革命者，谈到他"夸张的暴力"）；诗人常处于愤怒之中，他是一个抨击者。他认为，生命就是一场永无止境的抗争，而文学或艺术人生则是一场战争。1846年，在他二十五岁的时候，他写作了《给从事文学的年轻人的劝告》（*Conseils aux jeunes littérateurs*），仿佛他已经是一位年长的智者，或是个老去的斗士，一个老兵。他在劝告中用了"抨击"（"批评"这个词显然太没有力度）这个词，认为它占据了选择的一席之地。在批评别人的时候，他确实抱有一定的同理心，但更多的还是憎恶，因为他支持诚恳，认为"最笔直的路就是最短的路"：

也就是要说："某位先生……是个不诚实的人，更是个傻瓜；这就是我要证明的。"——然后去证明它！第一点——第二点——第三点，等等……我将这个方法推荐给所有信仰理性、拳头结实的人。（《波德莱尔全集》第二卷，第16—17页）

波德莱尔常常抨击他的同辈人，让他们陷入混乱，辱骂他们，特别是在他的艺术批评中（我们之后会看到几个例子），但他知道这种方式有其危险性，可能使被抨击者变成反过来攻击他的人，就像他曾经遇到过的那样。譬如他曾经被雨果的派系所攻讦：

一次失败的抨击就如同一次糟糕的事故；像一支调转了方向的箭矢，在出手的时候便脱离了掌控，像是一颗弹回的子弹，有可能会将自己杀死。（《波德莱尔全集》第二卷，第17页）

这位诗人经常被打，特别是在1848年巴黎的街巷或路障旁边，但他坚持节省恨意、将仇恨集中起来的必要性：

> 　　一天，在剑术课上，一个债主来找我的麻烦；
> 我用花剑将他击退到楼梯旁。当我回来时，剑术
> 老师，这位和平主义大师，本可以将我打翻在地，
> 在我身上喘着气，而他却对我说："您是多么不吝
> 挥霍您的憎恶！一个诗人！一个哲学家！我
> 呸！"——我没有时间对付两个人，我已经气喘吁
> 吁，又被一个人鄙视，这让我十分羞耻——而我
> 根本没对那位债主做过什么伤天害理的事情。
> （《波德莱尔全集》第二卷，第16页）

　　波德莱尔回忆说，人生，尤其是文学生涯，除了那些人们约定俗成的想象外，就像一次剑术比赛、一场拳击，需要有"结实的拳头"。在《1846年沙龙》（*Salon de 1846*）中，他引用了司汤达在《意大利绘画史》（*Histoire de la peinture en Italie*）中某个章节的标题："如何超越拉斐尔？"（《波德莱尔全集》第二卷，第457页），将它用在

了一幅当代东方主义的画作中："德刚①先生用铅笔做武器，想要打败拉斐尔和普桑②。"（《波德莱尔全集》第二卷，第 450 页）

波德莱尔很快便懂得了，暴力不是免费的，他不应该将自己的仇恨浪费，而要将它们精打细算地花掉。然而，1864 年在布鲁塞尔，他给自己的朋友、摄影师纳达尔（Nadar）的信中写道：

> 你能相信吗？我，我竟然能打败一个比利时人。是不是很令人惊讶？我能打得过某个人，这种事简直荒诞。更可怕的是，错完全在我。于是正义的精神重新占了上风，我追着那个男人想向他道歉，可是我没能再找到他。（《波德莱尔通信集》第二卷，第 401 页）

---

① 德刚（Alexandre-Gabriel Decamps, 1803—1860），法国画家、雕刻家，浪漫主义的代表人物之一。

② 尼古拉斯·普桑（Nicolas Poussin, 1594—1665），法国巴洛克时期重要画家，古典主义绘画的奠基人之一。

我们不知道这场斗殴的缘由，但我们可以想象它发生在一个小酒馆的门口，又或是在街巷里，在喝过酒后，或是在喝酒之前，就像在《让我们击倒穷人！》（*Assommons les pauvres!*）这篇散文诗里写的那样。诗人看了几本关于平等和博爱的著作，给了乞丐一顿显然是免费的痛打：

> 一记拳头下去，他的一只眼就看不见了，眼睛瞬间肿得像个球。为了打碎他两颗牙，我弄断了自己的一片指甲。

同时，这也是为了教会乞丐不那么消极被动地活着，让他重新站起来，让他抓住自己的命运。这堂课很快结出了硕果：

> 忽然……这个年老的强盗向我扑来，打肿了我的双眼，打碎了我四颗牙，而且……他对我拳打脚踢。——通过这番强有力的疗法，我让他重新找回了骄傲和活力。

诗人攻击一个乞丐，目的是刺激对方进行反抗，给他上了一堂关于生命力的课。就像是身处杜米埃①的漫画中，波德莱尔嘲笑那些慈善家，后者认为人生来就是善良的，认为是社会造成了贫困，想用积极的情感和动人的语言让穷人们得到新生。波德莱尔还有另一首诗，直指乌托邦社会主义者皮埃尔-约瑟夫·普鲁东②。波德莱尔为了表达自己的看法，选择向暴力和挑衅求助，这些也构成了他作品的力量。

---

① 奥诺雷·杜米埃（Honoré Daumier，1808—1879），法国著名画家、讽刺漫画家、雕塑家和版画家。
② 皮埃尔-约瑟夫·普鲁东（Pierre-Joseph Proudhon，1809—1865），法国经济学家，首位自称无政府主义者的人。

第九章

镜子

波德莱尔并不是一个民主主义者。1848年，他为大革命的到来而欢欣鼓舞，跑遍巴黎的街巷喊道："应当枪毙欧比克将军！"他的继父那时候正管理巴黎综合理工学校，该校是反对路易-菲利普政权的高地。然而，他很快就泄气了。1851年的政变让他震惊，特别是随后的全民表决还认可了这个政权。在1852年2月和3月的立法选举后，他表示："你们不会看到我去投票……12月2日的事让我彻底与政治脱离……就算我投票，我也只会投给我自己。"（《波德莱尔通信集》第一卷，第188页）就像很多知识分子一样，波德莱尔对全民直接选举抱有极大的不信任，认为后者会导致另一种立法上的专制。

　　在他晚年写于比利时的笔记里，他将普选比作一个和他面对面的人：

（没有什么比在数量对比中寻找真理更可笑的了。）

普选和灵桌转。就是人类在人类的身上寻找真理。（！！！）（《波德莱尔全集》第二卷，第903页）

灵桌转和普选是维克多·雨果的两个突发奇想的怪念头，一个合乎理性，另一个则属于非理性的范畴，不过两者同样怪诞。正如帕斯卡尔所说，它们都不承认人类的苦难本质，出于雨果本人的自负和幻想，从中只能找到作者本人提出的、仅适用于他一个人的真理。

在《巴黎的忧郁》一则短小的散文诗《镜子》（*Le Miroir*）中，波德莱尔嘲笑了所谓的人民主权：

一个可怕的男人进来了，在镜中凝视着自己。

"——为什么您要看着镜子里的自己，既然您只能从中看到悲伤？"

可怕的男人回答我："——先生，根据89年①的永恒宗旨，所有人在权利上都是平等的；因此我拥有照镜子的权利。不管是愉快还是悲伤，这只关乎我的良知。"

要是从常识而论，我的疑问自然有它的道理；但要说到公理，他倒是也没错。

在这则寓言里，令人生畏的正是永恒的人类，而不是卢梭笔下的"好人"；至于后者，波德莱尔是不相信的。永恒的人类是堕落的，身上带着原罪的烙印。然而，忽然之间他有了所有的权利，即所谓的人权。波德莱尔公开嘲笑"89年的永恒宗旨"，这个宗旨给了所有人在镜子中自我凝视的权利。在旧制度之下，镜子曾是奢侈品，是贵族的特权，但工业的扩张让它变得廉价，让所有人都能够自我凝视，自我欣赏。就像是让·斯塔罗宾斯基②所看到的，"对于能够对自身进行戏仿的个体而言，镜中的目光是贵族式

---

① 此处应指1789年。——编者注
② 让·斯塔罗宾斯基（Jean Starobinski, 1920—2019），瑞士文艺批评家、理论家。

的特权"。换句话说，就是将自己分为两份，像他者或是纨绔公子一般自我凝视，而不会像那喀索斯（Narcisse）一样在自我注视中迷失。因此，镜子的民主化对于波德莱尔来说是一次"真正的亵渎"，既是一桩政治丑闻，也是一种空想的异端邪说。

通过全民普选，人类在数量上寻找着真理，正如他们在镜中的寻觅一般。《镜子》的简短寓言使建立在人类本性善良之上的民主变得滑稽可笑，这首讽刺诗更像是一个反对平等的嘲讽，受到了约瑟夫·德·迈斯特尔①思想的启发。波德莱尔在政变的时代重新发现了这位反对大革命的思想家，正如他曾经说的那样，迈斯特尔和埃德加·爱伦·坡都教会了他"去理性思考"。(《波德莱尔全集》第一卷，第669页)

这个思想与波德莱尔在《我心赤裸》的一个朴实片段中所表露的想法十分一致：

　我　所　认　为　的　投　票　权　与　选　举　权。所　谓　的　人

---

① 约瑟夫·德·迈斯特尔（Joseph de Maistre, 1753—1821），法国君主主义者，反现代派人物。

权。……

您想象自己是一个纨绔公子，在对众人讲话，却不想嘲笑他们？

没有比贵族体制更理性、更有保障的政府了。

建立在民主基础上的君主制或共和国也同样荒诞可笑和不堪一击。（《波德莱尔全集》第一卷，第684页）

《镜子》，是纨绔公子对信奉人权的人的嘲讽。波德莱尔的态度代表了许多作家的观点，在第二帝国的统治下，他们十分反感将选票投给暴君的大众，希望能够听到更多种声音。由于时势并非如此，他们便选择不去投票。

第十章

巴黎

波德莱尔的时代，奥斯曼①受雇于拿破仑三世，在巴黎实施了许多大型的工程改造。诗人是中世纪街区被拆毁的见证者，其中也包括他出生的高叶街（rue Hautefeuille）。波德莱尔看到许多大道被开凿铺设起来，人们说是为了让军队进入，并防止 1848 年街垒事件的再度发生。夏尔·马维尔②拍下了许多优秀的照片，记录了第二帝国时期首都的改造，这也成了波德莱尔的一些诗歌的参照。

　　诗人为老巴黎记忆的逝去而感到遗憾，他在《天鹅》

① 奥斯曼男爵（George-Eugène Haussmann, 1809—1891），法国城市规划师，拿破仑三世时期的重要官员，因主持了 1853 至 1870 年的巴黎重建而闻名。
② 夏尔·马维尔（Charles Marville, 1813—1879），法国摄影师。

中吐露了心声。这首诗是他《巴黎图景》（*Tableaux parisiens*）组诗中最美的几首之一，1861 年被添加到《恶之花》中，描写了卢浮宫和杜伊勒里宫之间平民街区扩建后的"新卡鲁塞尔广场"（Carrousel）：

老巴黎不复存在（城市的模样，

唉，比凡人的心变得还要快）。

老城市的消失加剧了诗人的忧郁，让他成为流亡者、孤儿、现代世界的受害者们的同谋：

巴黎在变！我的忧郁丝毫未变！

新的宫殿，脚手架，一片片街区，

老旧的市郊，一切对我而言都成了讽喻，

我珍贵的回忆却比那石头更重。

在首都改造的时候，波德莱尔反对沉重的记忆，《巴黎的忧郁》中有好几首诗都与城市景色的改建有关：《穷苦人的眼睛》（*Les Yeux des pauvres*）描写了新建的咖啡馆和它

67

们宽阔的露台,在那里可以找到纨绔公子和女演员们。在煤气灯的照明下,巴黎从此变成了"光的城市";《寡妇》(*Les Veuves*)刻画了公园与音乐亭;《失去光环》(*Perte d'auréole*)则描绘了忙碌的交通中,行人漫步在拥挤的车流中的危险。

1861 年,波德莱尔将现在的巴黎与他二十年之前所认识的巴黎相比较:

> 那时的巴黎不似现在这般,一片嘈杂,杂物凌乱堆放,像充斥着蠢货和无用之人的巴别城(Babel);打发时间的方式十分粗糙,完全与文学趣味背道而驰。那个时候的巴黎由一群精英分子构成,他们负责塑造其他人的想法。(《波德莱尔全集》第二卷,第 162 页)

二十年间,优雅、高贵的城市变成了一个民主的都市,复辟和七月王朝时期神圣的、贵族气的巴黎变成了嘈杂的闹市或者巴别,让人想到喧嚣和群体的文明。波德莱尔将这种断裂视作一种堕落。并不是城市空间更加合理的利用,也不是用明亮宽阔的大道驱散了中世纪的迷宫，而是一种让巴黎不知所措的分裂。

几年间，巴黎生活的中心从皇家宫殿①搬到了宽阔的大道。前者自17世纪以来便是暧昧不清的杂乱之地，聚集着游乐场所和妓馆，就像是路易-塞巴斯蒂安·梅西耶②在著名的《巴黎图景》中所描绘的那样。但波德莱尔从首都文化地图的变迁中看到了别的东西。对他而言，文学生活已然凋零，让步于更为平等的享乐生活。

嘈杂的景象早已出现在《1864年沙龙》之中，为了描绘现代化的景象，"喧闹，风格与色彩混杂，各种声音不和谐地聚在一起，数不清的粗鄙和俗气，姿态与观点都平庸无奇，流于表面的贵族作态，各式各样的陈腔滥调"（《波德莱尔全集》第二卷，第490页）。总体而言，现代性便是喧哗与嘈杂。在散文诗《一个逗趣者》（*Un plaisant*）中，另一个用来表达城市的"混沌"（tohubohu）的词，便是

---

① 巴黎皇家宫殿（Palais-Royal），最早是17世纪法国首相黎塞留的官邸，现为最高行政法院、宪法委员会、文化及通讯部等法国政府机关所在地，位于巴黎第一区，与卢浮宫的北翼遥遥相对。

② 路易-塞巴斯蒂安·梅西耶（Louis-Sébastien Mercier，1740—1814），法国启蒙运动时期小说家、剧作家、散文家、哲学家、文学批评家和记者。

"吵嚷"（vacarme）。这种高亢的嘈杂让现代化的城市近乎饱和。

新兴大都市第一个特点便是噪声，就像在《给一位过路的女子》（À une passante）中，被拟人化的街巷发出怒号："喧闹的街巷在我四周叫喊。"视野可见的城市麇集着，散播它震耳欲聋的暴力、它地狱般的尖叫。这就是为什么奥斯曼的巴黎被他喻为巴别，这个在《圣经》中被诅咒的城市。现代城市预示着世界末日与撒旦的邪恶，它摧毁了神性的创造与秩序，只为了让原始的混乱与嘈杂得以重生。

然而波德莱尔爱着巴黎，他不能从巴黎路过、转身离开。巴黎是他的毒品，它既是痛苦又是解药："我爱你，我卑鄙的首都！"就像这句他曾打算在《恶之花》后记中写下的话。

第十一章

天才与蠢事

2014 年 6 月 18 日，波德莱尔的一封信在纽约佳士得被拍卖，是他于 1860 年 1 月写给《恶之花》的编辑，也是他的朋友的奥古斯特·普莱-马拉西（Auguste Poulet-Malassis）的一封信，这封信在 1887 年被人发现（《波德莱尔通信集》第一卷，第 654—656 页）。信中谈到了画家和雕塑家、前海军军官、疯狂的夏尔·梅里庸（Charles Meryon）的一次来访。波德莱尔十分钦佩他的蚀刻版画，画中的巴黎历史建筑带有一种魔幻式的风度。这封信的后面还有附录，但 1887 年的出版商欧仁·克莱佩（Eugène Crépet）并没敢将其公开。之后我们会看到个中缘由。

　　"V. 雨果还在给我寄那些愚蠢的信"，波德莱尔私下对普莱-马拉西透露。后面他还写了几个词，复又细心地划掉。他划得十分仔细，上面的字迹几乎难以辨识。随后，他向对方解释道：

> 我刚刚划掉了几个词，因为它们太过粗俗，而我之所以会写下那些词语，仅仅是想表示我已经受够了。这些事让我烦恼万分，甚至让我想写一篇散文，证明这样一个致命的法则——天才往往是蠢货。

我们可以不管波德莱尔那些关于雨果的"粗俗词语"，却无法回避诗人所表现出的怒气。没有什么比这更能说明波德莱尔与雨果之间复杂的关系了：波德莱尔敬佩雨果，却也被他所激怒，因为后者的多产、天真和热情，以及他对进步的信仰和对神秘学的信任（"普选和灵桌转"）。与雨果之间，就像他同圣伯夫相处一样，波德莱尔的行为中总有一种口是心非甚至虚伪的成分。他吹捧他们，却在他们背后报之以嘲笑。

实际上，1859 年 12 月初，他刚刚给雨果寄去了一首诗："这几句诗因您而起，亦是为您而作。望您不要用您太过严厉的目光审视，而是用父亲的眼光来看它们。"(《波德莱尔通信集》第一卷，第622页)《天鹅》，这首诗大概是1859年《巴黎图景》中最美的几首诗之一，在1861年版本的《恶之花》中被献给雨果："这首小诗笨拙地见证了您的天才灵感对我的启发，谨此表达我对您的孺慕与敬佩。"(《波德莱尔通信集》第一卷，第623页)

孺慕、敬佩、天才：波德莱尔毫无保留，而雨果的感谢却一定会激怒他。1859年12月18日，雨果从欧特维尔(Hauteville House)给他写了一封信：

> 正如您的其他诗歌一般，先生，您的《天鹅》
> 是一个理念。就像所有真实的构想一样，它有一
> 定的深度。这只尘埃中的天鹅，在它的身下，是
> 比深不见底的戈布湖（Lac de Gaube）水中天鹅
> 身下更巨大的深渊。这些深渊，我们在您其他满
> 是震荡与颤栗的诗句中也隐约可见。浓雾筑成的
> 高墙，痛苦，仿佛一只母狼，这些已然概括了所
> 有，超越了所有。感谢您这些如此强烈、如此穿
> 透人心的诗句。

雨果所评价的，是波德莱尔关于拆毁了卡鲁塞尔街区的巴黎改造最大胆的描写之一：

> 一只天鹅逃出樊笼，
>
> 有蹼的足摩擦着干燥的街石，
>
> 不平的地上拖着洁白的羽绒，
>
> 在一条没有水的小溪旁，它张开嘴，
>
> 焦躁地将翅膀浸入尘埃，
>
> 心中满是故乡那美丽的湖，说道：
>
> "水啊，你何时流泪，何时闪电、响雷？"

雨果信中哪些语句让波德莱尔如此生气？或许是那习惯性的称赞。在雨果的笔下，诸如"理念""深度""震荡""颤栗""穿透人心""强烈"这些词，都是些陈腔滥调。而雨果提到了他1843年在比利牛斯山游览过的戈布湖，则让天鹅的讽喻被降到了现实主义的细节层面。

在波德莱尔的眼中，雨果验证了天才与蠢事之间的微小距离。波德莱尔很清楚，他自己的身上正缺少了这份让创作变得更简单的、必不可少的愚蠢，因为这份愚蠢能够让人忘记自我审视、自我批评和自我监察。

　　创造平庸的人，便是天才。

　　我应当创造平庸。(《波德莱尔全集》第一卷，第 662 页)

　　他在《烟火》中表达了这份决心：波德莱尔规定自己去创造平庸，像雨果一样多产，但他太聪明了，做不了这种事，只给我们留下了许多悖论。

　　不管怎样，波德莱尔关于雨果那些"粗俗的词"或许并没有我所认为的那般难以辨认。Y 回来了，帮我认出了划线下的句子："说真的，他就像粪便，沾到了我的身上。"这就是《天鹅》的作者在私下里对《沉思集》(*Contemplations*) 作者的评价。

第十二章

光环的丢失

在奥斯曼的巴黎，如果"大道"（Boulevard）一词以首字母大写的形式出现，而不表明是哪条大道的话，便指的是所有大道中最繁华的那一条，即绍塞·昂坦（rue de la Chausée-d'Antin）和黎塞留大街（rue de Richelieu）之间的意大利人大道（boulevard des Italiens）。车水马龙之中，熙熙攘攘的人潮在这里汇聚。最危险的十字路口，被称为"碾死人的路口"的，是蒙马特尔大道（boulevard Montmartre）、蒙马特尔大街（rues Montmartre）和法布尔-蒙马特尔街（Faubourg-Monmartre）的交叉口；这里也是西边更优雅的店铺与东边更平民的市场的交界处。再往东，便是奥斯曼于 1862 年拆毁、用于修建如今的共和国广场（place de la République）的著名的"犯罪大道"

(boulevard du crime)。我们猜想，在"大道"靠近"碾死人的路口"的地方，便是诗人在《光环的丢失》（*Perte d'auréole*）中所写的糟心之地，这首诗以对话体的形式，被收录在《巴黎的忧郁》这本散文诗集中：

　　——我亲爱的，您了解我对车马的恐惧。就在刚刚，当我匆匆穿过大道的时候，陷进了污泥里，穿越行走的嘈杂，在这嘈杂之中，一时间，死亡从四面八方飞驰而来。在局促的行进中，我的光环从头上滑落，掉入碎石路上的泥浆之中。那时，我没有勇气将它捡起来。我宁愿丢掉这光环，也好过骨头被碾碎。之后，我跟自己说，有时候不幸不总是坏事。如今我可以籍籍无名地走在路上，做一些低下的勾当，放任自己成为一个恶棍，就像那些平庸的凡人一般。我这不是在您面前，瞧瞧我，跟您多像呀！

　　在大道嘈杂的人群中，光环，是神圣的诗人、自古代以来真理的先知与众不同的象征，掉落在"碎石路上的泥浆之中"。波德莱尔用了一个新的词（碎石路），一个从英语中借用的技术用语，来表示用于行车的路面。城市中、现代化的生活与嘈杂里，已没有了诗人的立身之地。诗人从此像所有人一样，被降格、被贬低、被羞辱、被否认。对话仍在继续：

——您至少应当发个寻物启事，或是让相关的部门替您将光环找回来。

——相信我，我才不会这么做！我在这里很惬意。只有您一个人把我认了出来。再说，尊严这东西叫我厌烦。然后我开心地想，或许会有几个蹩脚的诗人捡起它来，厚颜无耻地迷恋上了它。能让人高兴，多令人享受的感觉！更别说这种高兴还能令我发笑！想想 X，或是 Z！哈！简直滑稽透顶！

看破了一切的诗人用讽刺、苦笑、黑色幽默来表达自身的颓败；他轻蔑地鄙视那些自认为能够在当代社会仍能像诗人一样生活的人，譬如他的老朋友马克西姆·杜刚，后者在他的《现代诗歌》中为煤气、电力和摄影技术大颂赞歌。讽刺是忧郁最后的诡计。波德莱尔很欣赏"死亡之舞（Danses macabres）① 中吵闹的讽刺和中世纪的寓言"（《波德莱尔通信集》第一卷，第535页）。《光环的丢失》便是一曲死亡之舞，是诗人在现代化社会境遇的寓言，在杜米埃那些既残忍又温柔的讽刺画中，我们可以很好地体会到这一点。

然而在《烟火》中，波德莱尔开始表露出一种对街巷中诗人的坠落更感焦虑不安的情绪：

> 当我穿越大道，当我稍稍加快脚步躲避路上的汽车，我的光环掉落，落在了柏油碎石路的污泥里。我庆幸有时间将它捡起；但随后这糟糕的念头便从我的思绪中溜走，这是一种不幸的预兆；之后，这念头便不肯放过我，让我一整天都无法安宁。（《波德莱尔全集》第一卷，第659页）

---

① 死亡之舞，欧洲中世纪后期出现的一种艺术体裁，见于各类绘画作品中，常用骷髅等拟人化的死亡形式寓意生命的脆弱和注定的死亡。

从《烟火》的可怕叙述到《巴黎的忧郁》中讽刺的画卷，散文诗让波德莱尔能够克服作为一个现代艺术家心中的屈辱，将其转化为一种对自身之于同辈人的优越感，因为后者更容易被诗歌的诱惑力所愚弄。在现代化的世界，在艺术去神圣化最为透彻的观察者中间，波德莱尔有他的一席之地。

第十三章

那过路的女子

喧闹的街巷在我四周叫喊。

颀长，苗条，一身丧服，庄重忧愁，

一位女士走过，她那奢华的手

提起、摆动衣衫花彩的褶皱；

轻盈而高贵，一双腿宛若雕刻。

而我，紧张如迷途的人，

在她眼中，那铅色的、孕育风暴的天空

啜饮着迷人的温情、致命的欢愉。

一道闪电，随后又是黑暗！——美人易去，

而你的目光忽然使我复活，

在天国我是否还能再见到你？

遥远的地方！太晚了！或许是永诀！

因我不知你何往，你不知我何去，

哦我可能已经爱上你，啊你该知悉！

　　波德莱尔在这个过路的女子身上创造出，或是永远地倾注了一个现代社会谜一样的女性形象，即无名的、无法接近的、在人群中惊鸿一瞥、很快消失在视野中的女子，她被行走的动作、被速度带走，随后长久地被诗人向往，甚至是一生向往，却永远无法找寻。这是一个现代化的幻觉，因为过去的社会不存在无名，人们认识或是能够认出他们在大街上遇到的人，因为人们总生活在自己的街区，很少出远门，一个偶然相遇的女子用不了多久，就会被这个意乱情迷的男子寻到。

　　波德莱尔的笔下，有数不清的对 19 世纪大都市，例如巴黎和伦敦中，人们身份消失的忧虑。街巷中人们行色匆忙，大道上吵吵嚷嚷，人群的喧哗在诗人与迷人的女子之间隔起了遥远的距离。如同在小说中一般，主人公看到停靠在站台的火车上的一个年轻女孩，他们快速地交换了目光，惊鸿一瞥，列车离去，两辆车驰往相反的方向，车上的主人公一动不动，陷入深深的向往与思念之中。在波德莱尔之后，我们可以在各种文学形式中发现这些过路的女子形象。她"短暂易逝的美丽"让人想到普鲁斯特笔下的奥黛特（Odette）和阿尔贝蒂娜（Albertine），"易逝的造物"，永远无法被停留，被圈养。

然而这个女子是位孀妇。美丽、庄严、至高无上，沉浸在她的思想中；俯身、沉思，她穿过马路，仿佛对自己身上散发的吸引力没有一丝察觉。但她其实是知道的。

她身着黑色。波德莱尔在《1846年沙龙》中写道，黑色是"现代英雄的外套"，是"我们这个时代必不可少的服装，这个苦难的时代将这象征着永恒的丧服披在它黑色的、瘦削的肩膀上"（《波德莱尔全集》第二卷，第494页）。波德莱尔描写了大道上人们新的衣着。黑色，有种男性化的意味，给孀妇添上男子的气概。在那个时代，只有寡妇才是自由的女性。她们从此不用屈服于她们的父亲或丈夫；她们成了自己的女主人。年轻的孀妇，过着她所设想的生活，这也是那个世纪文学史上的一个幻想；她有自己的欲望，享受着自己的独立与自由。

这个孀妇，贫穷却骄傲，我们在《巴黎的忧郁》的散文诗《寡妇》中也找到了这样的形象。在公园里，她在听一场音乐会：这一次，还是"一个高大的女子，庄严，神态如此高贵，我在过去所有的贵族女子中，也未曾找到过能与她比肩的"。

诗人欣赏这种"高贵的孀妇"。在她的面前，我们想到了波德莱尔的母亲，"她身着黑色，手中牵着一个孩子"。高贵的孀妇与小小的男孩，两个人都穿着黑色衣服，就像是马奈或卡瓦尼①的画作。

因此，在《给一位过路的女子》中，包含许多波德莱尔诗歌基本的主题：现代化的生活，其中男人和女人在人群和噪声中失去了自己的身份（波德莱尔常用蚁穴的形象来刻画人群）；理想化的、难以接近、雕塑般的女性；痛苦、悲伤与忧郁，这些都与美丽分不开；最后还有女子对诗人的触动，"紧张"、"荒唐"、歇斯底里而又无力。

---

① 卡瓦尼（Paul Gavarni, 1804—1866），法国版画家。

第十四章

德拉克洛瓦

在狄德罗和司汤达之后，在阿波利奈尔和布勒东之前，在现代作家中，波德莱尔属于深深喜爱绘画，并自认为是当代艺术摆渡人的那一类。画家们需要作家，因为他们的作品变得更加晦涩难懂（这种难懂是现代艺术的一大特点），而作家们则试图向大众解释这些作品。

　　"歌颂这无上的的画作（我崇高的、唯一的、最初的激情）"，波德莱尔在《我心赤裸》中坦露道。（《波德莱尔全集》第一卷，第701页）这种狂热有着很深的渊源。他的父亲，弗朗索瓦·波德莱尔在诗人的出生证明上标注的职业便是画家。诗人的父亲一直对艺术抱有好奇心，自己是一位出色的素描画家，对讽刺漫画颇有天赋。

　　他对德拉克洛瓦的钦慕由来已久，这一点从皮莫丹酒店（l'hôtel Pimodan）可以看出。从 1843 年开始，他便住在圣路易岛上，在那里，他有一系列关于哈姆雷特的石版画，还有他的朋友埃米尔·德鲁尔（Emile Deroy）复刻的《阿尔及利亚的女人》（卢浮宫博物馆藏）。在 1845 年第一版的《沙龙》中，德拉克洛瓦便是他的英雄：

> 德拉克洛瓦先生绝对是从古至今最具有原创性的画家。事情就是这样，我能怎么办呢？任何德拉克洛瓦先生的朋友，就算是那些最热情的，都不敢像我们一样，简单地、直截了当地、厚颜无耻地作出这样的论断。……德拉克洛瓦先生总是引起争论，但最终的结果不过是在他的光环上又添了一些光亮。这样更好！他有权利始终保持年轻，因为他，他没有骗过我们，没有像被我们放进先贤祠里的那些忘恩负义的蠢货一样，向我们撒谎。（《波德莱尔全集》第二卷，第 353 页）

德拉克洛瓦是一个浪漫主义者，一位善于运用色彩的画家，这两个品质让他成为一位卓越的现代艺术家，但也

没有把他排除在伟大的素描画家行列之外，同时让他可以
与最古典的画家们比肩：

　　　　在巴黎，我们只认识两个能和德拉克洛瓦先
　　生画得一般好的人，一个绘画方式与他相似，另
　　一个则与之背道而驰。——一个是讽刺画家杜米
　　埃先生，另一个是大画家、拉斐尔狡黠的爱慕者
　　安格尔①。……如果说，比起一个为其天赋所困
　　的天才身上那些怪异的、令人震惊的特质，我们
　　更喜欢健康的、稳定的作品，那么杜米埃或许比
　　德拉克洛瓦画得还好；而如果我们更喜欢工笔细
　　腻而非整体和谐，更喜欢碎片的特性而非其组合，
　　那么为细节痴迷的安格尔或许比两者都要优秀。
　　不管怎样，……这三个人我们都喜欢。(《波德莱
　　尔全集》第二卷，第 356 页)

---

① 安格尔 (Jean-Auguste-Dominique Ingres, 1780—1867)，法国新古典主义画家，
　对后来许多画家如德加、雷诺阿甚至毕加索都有影响。

杜米埃和安格尔缺席了 1845 年的沙龙，然而波德莱尔还是对讽刺画十分感兴趣，他说，"讽刺画常常是生活最忠实的镜子"（《波德莱尔全集》第二卷，第 544 页），也就是说现代化的生活，易逝与永恒并存的风尚的镜子。在喜欢德拉克洛瓦的同时，也承认安格尔的伟大，并超越了素描与色彩的刻板对立，波德莱尔也是相当公允的。

艺术家应当表现他们的时代：这是波德莱尔的伟大理念，贯穿了他的所有作品。而德拉克洛瓦，就算他在表现《但丁和维吉尔在地狱》（*Dante et Virgile aux enfers*）（卢浮宫博物馆藏）时，也是现代的，通过"作品所流露的个体、倔强的忧郁"（《波德莱尔通信集》第二卷，第 440 页）。而之所以这么说，是因为他是痛苦的刻画者：

> 由于这个绝对现代、绝对新颖的特质，德拉克洛瓦是艺术进步理念最后一个表达者。他继承了伟大的传统，即作品的广阔的构图、高贵和华美，是前辈大师们真正的继任者，比起他们，德拉克洛瓦更懂得刻画痛苦、激情和功勋！他的伟大与重要性也就在于此。……若是没有德拉克洛

瓦，历史的链条便会崩塌，倾覆在泥土之中。

（《波德莱尔全集》第二卷，第 441 页）

简而言之，德拉克洛瓦既是古典的，又是现代的，他将现代性提高到了古典的高度，在历史的行进中不可或缺。

1859 年，波德莱尔重新找寻是什么构成了德拉克洛瓦的"独特性"。这一次的答案是想象力，是梦想。他说，德拉克洛瓦"是有限中的无限"（《波德莱尔全集》第二卷，第 636 页）。1863 年，在画家去世之后，波德莱尔又一次表达了对他的崇敬，表达了对他作品、他的孤独与决心的钦慕。他引用了德拉克洛瓦的这些话：

"从前，在我年轻的时候，我没法投入到工作之中，更喜欢享乐，享受晚上的欢愉、音乐与舞会等各种各样的娱乐。而今天，我不再像小学生一样，于是我可以不停地、不求任何报偿地工作。后来，——他又说——如果您能理解一份勤勤恳恳的工作让人对享乐更加宽容，并将其变得更简单！一个整天都被工作填满并充实的人觉得街角

的办事员身上也有值得关注的地方，并且也愿意和他一起玩玩牌。"（《波德莱尔全集》第二卷，第762—763页）

德拉克洛瓦，不屈不挠的抗争者，"离群索居的人"，是波德莱尔心中艺术家的典范。

第十五章

艺术与战争

波德莱尔的激情，他的爱与恨都十分极端。举个例子，在他的《沙龙》中，他写到自己的"灯塔"，譬如 1845 年的德拉克洛瓦或者威廉·奥苏利埃（William Haussoullier)[1]，又或是 1859 年的欧仁·布丹[2]；也有他嘲笑的对象，譬如霍勒斯·韦尔内[3]。

在《1845 年的沙龙》中，波德莱尔批评了韦尔内那幅著名的、藏于凡尔赛宫博物馆的历史油画《俘获阿卜杜·

---

[1] 威廉·奥苏利埃（1815—1892），法国画家、雕塑家，擅长刻画宗教题材，代表作《青春之泉》(*Fontaine de Jouvence*)。

[2] 欧仁·布丹（Eugène Louis Boudin, 1824—1898），法国风景画画家，早年跟随米勒和特罗容学习绘画，被称为"印象派之父"，是莫奈的启蒙老师。

[3] 霍勒斯·韦尔内（Horace Vernet, 1789—1863），法国画家，擅长战争、历史以及东方主义题材的绘画。

卡迪尔的营帐》（*Prise de la smalah d'Abd-el-Kader*）（又名《伊斯利战役》）。这幅画被比喻成一个"不入流的小酒馆的全景图"，就是说其中充斥着无关紧要的细节，用一种"报纸专栏作者"的方式将故事情节并置，但缺乏统一性和冲击力，显得冷冰冰的。一年之后，在《1846年的沙龙》中，波德莱尔终于发作了：

　　霍勒斯·韦尔内先生是位会画画的军人。——我讨厌这种在号角隆隆声中的即兴创作，这种马背上粉刷出来的油画、在枪声中诞生的画作，正如我痛恨军队、军事力量以及所有在和平地区引发武器喧哗的东西。这种巨大的民意一致——所谓的 vox populi 或是 vox Dei（拉丁语，意为"人民的声音"），对我而言是一种压迫。它在除了战争以外的地方都不会持续很久，当人们去寻找其他乐子时便会消减。

　　我讨厌他，因为他画的东西根本不是绘画，而是一次灵活而寻常的手淫，是法兰西的一次皮肤发炎。（《波德莱尔全集》第二卷，第469—470

页）

波德莱尔痛恨军队，他的继父正是在比若①于阿尔及利亚与阿卜杜·卡迪尔的战役中立下功劳，赢得了名气，但波德莱尔并不讨厌文学上的战争。在下面的这些句子里，他又谈到了自己关于文学抨击的理论：

> 许多在文学抨击领域倾向于婉转迂回的人，他们并不比我更喜欢霍勒斯·韦尔内先生，却指责我做事不够周到。然而选择粗暴、直接的方式并不意味着轻率冒失，因为每一个句子中的我都包含了一个我们，一个群体巨大的我们，静默的、隐形的我们——我们，是新的一代人，是战争和国家的愚蠢行为的敌人；这健全的一代，因为年轻，他们追挤、推搡、突围——他们严肃，又爱开玩笑、气势汹汹！（《波德莱尔全集》第二卷，

---

① 托马-罗贝尔·比若（Thomas-Robert Bugeaud, 1784—1849），法国军事家，1840 年被任命为阿尔及利亚总督，1844 年在伊斯利取得巨大胜利后获公爵头衔。

第 471 页）

波德莱尔拒绝资产阶级式阴险而伪善的批评方式，宣称在两代人之间有着公开的冲突。他感到自己不是孤身一人，在他的身后有着一群与他年龄相仿的战友。在《爱尔那尼》之战①后，随着浪漫主义的影响，人们进入了宣言的时代，不同年代的人开始互相攻讦。很快便是先锋的时代，现代派反对古典派，年轻人反对学院派。

波德莱尔刻画了几个出人意料、激烈、具象、充满了力量和英雄主义的画面：追挤，让人想到在一支纵队、一个集团军、一列车队后面，有一群人逐渐迫近，穷追不舍；推搡，也就是说用手肘推挤着，从旁边推搡、摇晃，强迫对方把位置让出来；最后是突围，就像我们常说的开道，或者是开路、划出界限，所谓鸣枪开路，从后面展开攻击。这些画面均表现出十足的进攻性，意图去消灭或取而代之。

----

① 《爱尔那尼》（Hernani）是雨果创作的一出正剧，打破了古典主义关于悲喜剧的界限，堪称浪漫主义戏剧的代表作。1830 年 2 月 25 日，这部剧在法兰西戏剧院首演时遭到伪古典主义一派的捣乱，但在以戈蒂耶为首的浪漫派的喝彩中最终获得了成功。《爱尔那尼》之战标志着浪漫主义的胜利，是文学史上的重要事件。

然而在《我心赤裸》中，波德莱尔反对进步主义艺术家们所鼓吹的战斗文学：

　　　　法国人对与战争相关的隐喻有种特别的偏好和喜爱……

　　　　战斗文学。

　　　　在城墙的突破口，

　　　　高扬着旗帜。

　　　　将旗帜高高地、坚定地举着。

　　　　冲进人群里。

　　　　一个老兵。

　　　　那些在小咖啡馆里高谈阔论的闲散学究最喜欢使用这种华丽的措辞。（《波德莱尔全集》第一卷，第 690—691 页）

　　　　斗争的诗人。

　　　　先锋的文学。

　　　　那些与战争相关的隐喻揭露了他们不够战斗的内心，他们为规则而生、墨守成规，他们的精

神是驯服的。（《波德莱尔全集》第一卷，第691
页）

波德莱尔永远反对因循守旧，他将是个孤独的战士。
童年的时候他希望成为"教皇，但是是战斗的教皇"（《波
德莱尔全集》第一卷，第702页）。而他的英雄，那些真正
的艺术家，都是愤世嫉俗的战士，在理想的信念下聚集在
一起的、孤独的征服者。"您是一位真正的勇士。您值得
一场神圣的战役"，他在1862年1月给福楼拜的信中写
道。（《波德莱尔通信集》第二卷，第224页）波德莱尔决
心独自战斗，首先是以德拉克洛瓦为榜样，与自己战斗：
"对这样一个有着非凡勇气和激情的人而言，最吸引他的
斗争，便是与自己的战斗。"（《波德莱尔全集》第二卷，
第429页）

第十六章

马奈

波德莱尔和马奈很像，后者跟诗人常常在大道上的咖啡馆碰到，两人是很好的朋友。他们俩都是资产阶级出身，放荡不羁，无意中便引发了艺术上的巨大革命。尽管他们自己不觉得，但两个人都是与过去决裂的艺术家。1857年《恶之花》被判有罪，当波德莱尔1861年申请进入法兰西学院时，他的不自觉让所有人惊异。"如果这座久负盛名的马扎然宫（palais Mazarin）的玻璃没有因此碎成上千片的话，"一名记者断言，"我们就得相信，古典传统之神必然是已经死去，已然被埋葬。"

　　而马奈，他每年都会将自己的画作寄给国家美术学会沙龙（Salon des Beaux-Arts），好像全然不理解为什么那些画会成为丑闻。譬如他那幅《草地上的午餐》（*Le*

Déjeuner sur l'herbe）（奥赛博物馆藏），1863 年和《奥林匹亚》（*Olympia*）（奥赛博物馆藏）一起在落选者沙龙①展出，两幅画最终于 1865 年被收入巴黎沙龙②，但受到了强烈的抨击。批评的声音甚嚣尘上，马奈本人因此备受煎熬。

他写信给彼时住在布鲁塞尔的波德莱尔，就像是咨询一个曾经经受过同样考验的兄长：

> 多希望您现在就在我身边，我亲爱的波德莱尔，那些辱骂的话像冰雹一样砸在我身上，我还从没有见过这样的盛况。……我多希望得到您公允的评价，因为那些批评声太过刺耳，肯定有人会因此上当受骗。

备受那些极端恶毒的攻讦的困扰，马奈丢掉了原本的信心，在困惑中，他选择相信波德莱尔，然而后者的回信

① 落选者沙龙（Salon des Refusés），1863 年开始举办的一个艺术展，展出被巴黎沙龙拒收的作品。

② 巴黎沙龙（Salon de peinture et de sculpture，又称 Salon officiel），是 1667 年开始在法国巴黎法兰西艺术学院举办的艺术展，创立者为法兰西艺术学院下属的法国皇家绘画暨雕刻学院。

却并没有多鼓舞人心，至少看上去如此：

> 所以说我得跟您谈论您自己，我得告诉您，
> 您有多少价值。您的要求真是太蠢了。人们嘲笑
> 您，那些玩笑话让您恼火；人们对您不公平，诸
> 如此类，等等等等。您觉得您是第一个陷入如此
> 境地的人吗？您比夏多布里昂和瓦格纳还要才华
> 横溢？人们不还是一样嘲笑他们吗？他们也没因
> 此便死去。为了不让您太过骄傲，我要跟您说，
> 这些人都是他们那个领域的楷模，也是这个丰富
> 多彩的世界的典范；而您，您不过是您那衰退的
> 艺术中的第一个。（《波德莱尔通信集》第二卷，
> 第 496—497 页）

我们始终不清楚波德莱尔想要说的到底是什么，因为
看起来，他似乎通过一连串辩论式的问题表达了左右相悖
的模糊立场。马奈不够谦虚；他的确不是第一个遭受学院
派批评攻讦的人。夏多布里昂和瓦格纳都有过类似的经验，
而这两个人，要承认，他们都比他更有才华。然而，在他

们的时代，艺术比如今更加欣欣向荣。而马奈，他"不过是那衰退的艺术中的第一个"。这种说法自然不会让备受笔战打击的马奈开心起来。

波德莱尔区分了夏多布里昂和瓦格纳挥洒天才灵感、却遭到嘲笑的"丰富多彩的世界"和贫瘠的、堕落的、马奈为自己辩驳的世界。波德莱尔的建议也可以这样理解：您不过是如今这个衰老的、降格的绘画艺术中的第一个（并非典范）。波德莱尔勉励马奈要谦逊，这种克己的教诲同样适用于他自己。在诗人的语言里，衰落是进步、现代化的近义词。他揭露了1855年世界博览会时，那些对进步阿谀奉承的人身上"如同睡梦呓语般颠三倒四的衰落"（《波德莱尔全集》第二卷，第580页）。在《关于坡的新札记》（*Notes nouvelles sur Edgar Poe*）中，他将进步定义为"衰败那巨大的异端邪说"（《波德莱尔全集》第二卷，第324页）。总而言之，您不是第一个受到攻讦的艺术家；其他人在您之前，而且在他们的时代，艺术尚且蓬勃，而您不过是这个信仰进步，也就是衰败的艺术里的第一个。

波德莱尔很喜欢马奈，看到他如此受辱骂与批评的困扰，觉得马奈还不够强大。"马奈非常有天赋，这种天赋经得起磨砺，"他给尚福勒里①的信中写道，"但他意志不够坚定，似乎对这种打击感到不知所措，忧愁万分。"（《波德莱尔通信集》第二卷，第 502 页）马奈没有德拉克洛瓦那样的坚强品质，波德莱尔赞扬了前者的天赋，而不是他的精神，因为他所欣赏的，是那些不为他人所动的战士。这也就是为什么他高度赞扬疯疯癫癫的梅里庸，或是用"战士艺术家"来评价康斯坦丁·居伊（Constantin Guys），认为他而非马奈是"现代化生活的画家"，而后世却会很自然地将这个形容词放在马奈的身上。

那时候波德莱尔还没有看过《奥林匹亚》，他在给马奈的信中用了一种朋友间奚落的口吻，但他对被我们视为经典的画家说话时那种从容洒脱的态度依旧让人惊诧。"波德莱尔，真希望他在绘画领域闭嘴，他声音倒是洪亮，说的话却毫无意义，"凡·高在给他的朋友、画家埃米尔·贝尔纳（Emile Bernard）的信中写道，"但愿他能在我们谈论绘画的时候让我们安静点。"

---

① 尚福勒里（Champfleury, 1820—1889），法国艺术评论家、小说家，文学与艺术现实主义运动的支持者。本名为儒勒·弗朗索瓦·费利克斯·福勒里-于松（Jules François Felix Fleury-Husson）。

第十七章

笑

还有什么比看到一个人在冰面或是大街上滑倒、在人行道上踉踉跄跄，看到某位仁兄的脸因此而扭曲、面部肌肉像正午的时钟或玩具的发条一般拧紧而更让人觉得好笑的呢？这个可怜的家伙至少脸是磕破了，说不定连身上也得骨折。可是旁人已经笑出声来，突如其来而又难以克制。如果仔细想一想这个情景，我们就会发现，在这笑声的深处，是某种无意识的傲慢。出发点便是：我，我不会摔倒；我，我走得很稳当；我，我的脚步坚实而沉稳。出洋相的不是我，看不见路上障碍的，也不是我。（《波德莱尔全集》第二卷，第530—531页）

在《笑的原理》（*De l'essence du rire*）中，波德莱尔似乎给我们描绘了一幅似曾相识的画面：一个人在路上摔倒，就像《失去光环》中的诗人，在柏油路面上跟跄摔倒，王冠掉落在地。看到他摔得四仰八叉，他的同伴们像上了发条一样笑起来。波德莱尔从中得出结论，笑是不好的，是魔鬼一般的存在，是原罪的象征。"圣人只有在战栗之时才会发笑，"他引用了博须埃的格言。"耶稣从不发笑。"波德莱尔的朋友古斯塔夫·勒·瓦瑟尔①说道。只有傻瓜才会笑，因为他们没有意识到自己的弱点，自认为很了不起。波德莱尔阐发了一种关于笑的理论，认为笑"与人类最初的堕落有着隐秘的联系，是一种肉体和精神的降格"（《波德莱尔全集》第二卷，第527—528页）。在天堂，人们不会笑，正如人们也不会哭泣。笑暴露了人类的悲惨命运和他们对于这种悲惨的一无所知与傲慢："笑是他们对自我优越性的确信，是一种魔鬼般的想法。"（《波德莱尔全集》第二卷，第530页）

---

① 古斯塔夫·勒·瓦瑟尔（Gustave Le Vavasseur，1819—1986），法国诗人和作家。

波德莱尔想象着刚刚离开莫里斯岛的维尔吉尼，《保罗和维尔吉尼》（*Paul et Virginie*）中的年轻女孩，贝尔纳丹·德·圣皮埃尔（Bernardin de Saint-Pierre）小说中纯洁的女主人公，波德莱尔在 1842 年的时候也到过这个小岛。她在皇家宫殿的一家店铺里偶然发现了一张讽刺漫画。纯粹而又天真，她没有笑，因为她什么都不懂，因为需要一定的狡黠才能看懂漫画。但如果她在巴黎待得再久一些，"笑声便会来到她的身上"，与此同时她也失去了曾经的单纯。（有一天，当我在鲁瓦西机场①拿着行李摔倒时，一个年轻姑娘弯下腰对我说："您没事吧?"我想她一定刚刚从某个印度洋的小岛上来，在巴黎待个几天她便开窍了。）

动物们也不会笑。波德莱尔用帕斯卡尔式的思辨后得出结论，笑既是悲惨命运的象征，又是人类伟大的标志；相对于神而言人是悲惨的，但相对于动物来说，人又是伟大的。笑既有天使的一面，又有魔鬼的一面。如

---

① 鲁瓦西机场，即巴黎戴高乐机场，因位于巴黎市中心东北方的鲁瓦西，因此也被称为鲁瓦西机场。

果人类不存在，世界上便没有了喜剧。喜剧，就像是康德笔下的美，它只存在于发笑者的眼睛里，而不在被笑的对象身上。

波德莱尔区分了两种不同类型的喜剧，即两种不同的笑：一种是所谓的有指向性的笑，也就是普通的喜剧，是我们所有人在一幅漫画前发出的笑声。七月王朝时期，波德莱尔正值青年，那也是个讽喻漫画十分蓬勃的年代，出了卡瓦尼和杜米埃这样的画家。讽刺漫画总显得有些殷勤、讨好读者，把读者视作同伴。譬如伏尔泰笔下的短篇故事，法国式精神的典型代表，也是波德莱尔所不喜欢的、讽刺文章和小报所表现出来的气质，在如今便是《鸭鸣报》（*Canard enchaîné*）①。也正如波德莱尔持保守意见的莫里哀的喜剧，或是拉伯雷的作品，在他的笔下，笑十分有益，既有"寓言故事的坦率"，又有教育意义。

另一种笑被称为纯粹的笑，是一种天真而纯粹的喜剧，因为它包含在嘲弄之中。波德莱尔认为法国没有这样的喜

---

① 法国著名报纸，因辛辣的讽刺和揭露丑闻的勇气而闻名，以旗帜鲜明的立场批判法国政商界。

剧，它存在于德国、意大利、英国这样的国家。这让他想到了滑稽的图案、哑剧、意大利即兴喜剧（commedia dell'arte）。杜米埃过于老好人，做不出这样的嘲讽，但戈雅（Goya）在他奇幻的版画中表现了这一点。这种喜剧也存在于巴斯特·基顿①和"夏洛特"②的电影，就像波德莱尔所预想的那样。

在弗南布尔杂技剧院（Théâtre des Funambules），在舞台上摔倒的演员率先笑出声来，这是一种毫无冒犯意味、真正的、高尚的笑声。所谓的绝对喜剧，便是喜剧演员或者卓越的讽刺漫画家凭借他们的智慧将自己一分为二，"能够同时既是自己也是他者"（《波德莱尔全集》第二卷，第543页）。对自己的悲惨命运有着清醒的认识，他们却不排斥被别人笑。一个人在街巷上摔倒，他自己站了起来，离开的时候发出笑声：这是一个智者，一个幽默的人，就像《失去光环》中的诗人。

---

① 巴斯特·基顿（Buster Keaton, 1895—1966），美国喜剧演员、电影导演、制片人、编剧和特技演员，以无声电影闻名于世。
② 夏尔洛（Charlot），为著名喜剧演员查理·卓别林塑造的经典角色，又被称作"小流浪汉"，笨拙、滑稽，常常帮助弱者，对抗权威。

第十八章

现代性

这一页我们很熟悉：是波德莱尔在《现代生活的画家》（*Le Peintre de la vie moderne*）中谈到康斯坦丁·居伊时对"现代性"的定义：

他在寻找一种我们可以称之为现代性的东西；因为阐释这个问题，似乎没有比这个词更好的表达了。对他而言，现代性意味着从时尚（mode）中抽离出纪事中的诗意，从短暂中抽离出永恒。……现代性，是短暂的、易逝的、偶然的，是艺术的半边，而另外一半则是永恒与不变。……简言之，为了让所有的现代性都能变成古典，需要让人类生活中那些无意识的、神秘的

美从其中被抽离出来。(《波德莱尔全集》第二卷，
第 694—695 页)

"现代性"这个词在波德莱尔之前便已经存在，巴尔扎克和夏多布里昂都曾提及。在德语中，这是个贬义词；在英语里，则是褒义的；但波德莱尔赋予了其高尚的意味，并将这种高尚传递给我们，不论结果是好是坏。

因为这种波德莱尔式的"现代性"很难捉摸，十分复杂、狡猾而又模糊，有时我们能注意到它的前后相悖。瓦尔特·本雅明，两次世界大战期间备受尊敬的德国思想家，就甚至潇洒地摆脱了它。"我们不能说有多么深刻的分析，"他评判道，"关于现代艺术的理论是波德莱尔式现代性概念的弱点所在。"

波德莱尔将现代性与时尚联系在一起，后者无时无刻不在变化：他将现代性从时尚中抽离出来，就像人们从转瞬即逝的、易消失的、短暂中抽离出值得持续的东西，能够变成古典甚至永恒的东西。时尚会过去，每个季节都会更新，但当它到了艺术家那里，后者会察觉到在这个世俗化的社会里，它在我们身上所留存的崇高的、诗意的、英

雄主义的东西，并将其再现出来，使其不朽。就像波德莱尔在《1845年沙龙》中所说的，艺术应当"撕扯下当下生活中史诗的那一面"（《波德莱尔全集》第二卷，第407页），因为这也是他一直以来的理念。现代艺术家更关注他自己的时代，而不是像新古典派和学院派一样转身拒绝。司汤达也是如此定义浪漫主义，认为自从大革命以来，世界已经完全变了，人们不能再给公众提供曾经那些作品。因此，现代性应该是从时尚中抽离出的值得延续的东西。

与此同时，波德莱尔还用另一种方式来阐释，就像美有不可分割的另一面。他说，所有的美丽都是双面的，而与永恒和不变的那一面相对，现代性到如今也有短暂、易逝或偶然的一面。从这些描述来看，现代性既指不朽的东西，也指在当下易腐朽的那些。然而，波德莱尔还是回到了它的第一重意思，但也指出了事物复杂的一面，因为如果说永恒是从时尚中抽离出来，那么整个时尚本身都应该是十分珍贵的。

现代性世界祛魅的深处，伴随着审美的现代性，似乎有一种当代的神话学正在发生，用神话将生活诗意化，用艺术、绘画和诗歌拯救时尚。

或许当一个诗人初步探索现代世界的喃喃自语时，不应该太过苛求。就算用了许多名词化了的形容词，表现出一种哲学的风格，波德莱尔也并非逻辑学家。我们还记得他的一个想法："在所有我们最近所谈论的权利中，有一个是我们遗忘了的，而所有人都会对其感兴趣——那就是自相矛盾的权利。"（《波德莱尔全集》第一卷，第709页）

　　然而结论十分明确：通过他的现代性定义，波德莱尔与现代化的、工业的、物质的、美国化的社会相抗衡，就像他所说，与无止境的更新和一出现就过时的趋势相抗衡。然而这种不可阻挡的趋势也会影响艺术作品，将后者变成时尚的产物或是商品。波德莱尔率先观察到了这种艺术的进程和它市场化的转变，他寻找着一种方法，向着了魔的时代洪流逆流而上，与明天消灭今天的潮流相抗衡，把持久的美丽留存下来。波德莱尔的现代性，就是对所有东西都极速腐朽的现代社会的抵抗，是将永恒保存、延续下去的意志。

第十九章

美、怪诞、悲伤

波德莱尔给美下了许多定义，这些定义常常令人困惑。他希望美能够配得上古希腊、古罗马的辉煌，保持传统，但在他关于 1855 年世博会的总结中，他又同样表现出对美的多样化的向往。他看到来自全世界各种各样的美聚集在这里，就像他所说的，"形态各异而又五光十色""在生命无尽的螺旋中消逝"，而他从中学到了难忘的一课：

　　　　美总是怪诞的。我不是说那种随意的、冰冷的怪诞，因为这样的话它仿佛是离开了生命轨道的怪物。我想说的是，美总是包含一定的怪诞，一种天真的、不造作、无意识的怪诞，而这种怪诞专为美而存在。这便是它所登记的身份、它的

特点了。你们尽可以试着去推翻这个提议，去迎接一种平庸的美！（《波德莱尔全集》第二卷，第578页）

对于古典的、经典化、统一而普世的美，波德莱尔将其归入平庸一派，他坚决要求打破常规或是寻求分歧，认为要是没有了这些，就不会有真正的美。波德莱尔在翻译埃德加·爱伦·坡的时候便产生了这个念头。坡自己也曾引用过弗朗西斯·培根："不存在精致的美……美中必然有一定比例的怪诞。"这种怪诞（strangeness）或是特殊性并非某种装模作样，与其说是智慧的结果，不如说是天真与想象力的产物，也是《恶之花》中那些出人意料的意象的用意所在：

当低沉的天空如盖般压下来

……

——送葬的长队，没有鼓声与音乐，

在我的灵魂里缓缓行进；希望，

被征服了，哭泣着，焦虑它残忍而暴虐

将它黑色的旗帜插进了我低垂的头颅。①

　　天空的盖子就像一口锅，脑袋中有送葬的队伍，旗帜插进了头颅，在这首高雅的第四篇《忧郁》中，这些意象十分怪异、现实而又低沉，难怪许多批评家认为这是在描写某种偏头痛。美总是包含着某种不匀称。这种不匀称也可能是形式上的，譬如在《七个老头子》的结尾：

　　　　我的灵魂跳啊，跳啊，老旧的驳船，
　　　　没有桅杆，在无涯的怒海上漂荡！

　　但是注意了！尽管美总是怪诞的，但不要认为反过来也成立，不要觉得怪诞总是美的。波德莱尔在《1859 年沙龙》中坚定地告诫，让人们警惕这种现代化的诱惑："想要使人惊诧和被惊异的欲望无可非议。*It is a happiness to wonder*，'被惊讶到是一种幸福'。"他又一次引用了埃德加·爱伦·坡，但这一次他十分谨慎：

――――――――
① 《忧郁之四》(*Spleen*)。

126

如果您要我把您当作艺术家或是美术爱好者，唯一的问题就在于，您能够在何种程度上去创造或感受惊异。因为美永远是惊诧，但若认为惊诧永远是美，就太荒谬了。（《波德莱尔全集》第二卷，第616页）

波德莱尔站出来反对现代化的公众，因为后者喜欢被人工的怪诞或是"不入流的伎俩"所惊诧。他披露那些画家在1859年沙龙中，为他们的画作所取的滑稽而矫揉造作的标题，例如《爱情和白葡萄酒烩肉》（*Amour et Gibelotte*）或是《房屋招租》（*Appartement à louer*），认为它们只是为了让老主顾们感到惊奇。艺术因向价格与供求关系屈服而失去了格调，"因为如果艺术家愚弄公众，后者也会给予他们同样的回报"（《波德莱尔全集》第二卷，第615页）。

然而这种波德莱尔要求美所拥有的怪诞也被诗人视作一种悲伤，一种忧郁和痛苦，就像他在《我心赤裸》中所写：

我找到了美的定义——我的美。它是一种大胆的、悲伤的东西，有些模糊，放任人的猜测与臆想。……一张吸引人的、美丽的面孔，一张女人的面孔，要我说，一定同时也让人浮想联翩——却是以一种让人困惑的方式——性感而悲伤；忧郁、疲倦甚至是一种餍足——或是相反的，一种大胆、活着的欲望、涌回的苦涩，这种苦涩来自被剥夺和绝望。神秘和悔恨，也是美所具有的品质。(《波德莱尔全集》第一卷，第657页)

怪诞不总是美，美却总是悲伤的。

第二十章

1848 年

在 1848 年之前，波德莱尔常常与放荡不羁的艺术家们过往甚密，后者在诸如《海盗船》①之类的报纸上发表文章，分享他们在先锋领域关于浪漫主义和社会主义的观点。世界整体与和谐、相像与连结的观点来源于夏尔·傅里叶（Charles Fourier）和乌托邦社会主义，与此同时存在的，还有对民众悲惨命运的愤慨。

这些理想主义哲学的论点，我们可以在《恶之花》一些早期的诗歌中找到，譬如《应和》，至少其中的几句表达了这些观点，譬如第二小节：

---

① 《海盗船》（*Le Corsaire-Satan*），法国日报，发行时间为 1823 年 2 月 11 日到 1858 年 11 月 14 日，是一份关于艺术、文学和风尚评论的报纸。

如同悠长的回声遥遥汇合

在一个混沌深邃的统一中

广阔如黑夜又像是光明——

芳香、颜色和声音在互相应和。

然而，在《酒魂》（L'Âme du vin）和其他一些关于葡萄酒的诗歌中，则表达了诗人对工作者休憩这个问题的看法：

"你可听见礼拜日的歌声回荡，

而希望在我跳跃的胸膛回响？

胳膊肘支在桌子上，卷起袖子，

你会高声地赞颂我，心满意足。"

波德莱尔和他的同志们加入了1848年的革命。2月24日，他在巴黎的街巷中战斗，与其说是为了革命，不如说是出于反叛和毁灭的天性。至少他后来在《我心赤裸》中是这样声称的：

1848 年的狂热。

这种狂热是何种性质呢？

复仇的欲望；毁灭的自然天性。

文学的狂热；对阅读的回忆。

5 月 15 日。——依旧是毁灭的欲望。一种正
当的愿望，如果说所有的天性都是正当的话。

6 月的恐怖。人民和资产阶级的疯魔。对犯
罪的天然热爱。（《波德莱尔全集》第一卷，第
679 页）

波德莱尔成了反革命理论家约瑟夫·德·迈斯特尔的
读者，并在 1851 年之后被反动派的那一套说辞所吸引，批
判青年人的超负荷工作，认为这是前者的天性所致，表现
了人由于原罪而产生的不幸命运，但也与他们的阅读息息
相关。他隐约提到了几部关于革命暴力和阶级斗争的著作，
例如自由社会主义者普鲁东的《什么是所有权？》（*Qu'est-
ce que la propriété*）或者《贫困的哲学》（*Philosophie de
la misère*）。波德莱尔于 1848 年频繁造访普鲁东，并在散
文诗《让我们击倒穷人！》中通过给乞丐的教训，背弃了年

轻时所阅读的关于仁爱的教诲。

1848 年 4 月，在（男性）全民普选之后，温和派在制宪议会中占了大多数席位，波德莱尔加入了 5 月份反对临时政府的民众游行，这个临时政府差一点就被推翻。6 月的时候，他十分活跃，按照他的朋友勒·瓦瑟尔的描述，就是"神经紧张、兴奋、狂热、激动不安"。他想要去牺牲以殉道："那一天，他十分勇敢，可能会被杀死。"他没有立即回到自己的队伍里，但还是在布朗基主义①的报纸上写文章，与其他的社会主义期刊相互应和，譬如《公共安全》（*Le Salut public*）和《国家论坛》（*La Tribune nationale*），甚至在秋天短暂地当了一阵《安德尔代表》（*Représentant de l'Indre*）的主编。

先是 1848 年的总统选举让路易-拿破仑·波拿巴上台，之后是 1849 年 5 月的立法，都给像他那样的革命派泼了一盆冷水，动摇了诗人对民众的信任。1851 年 12 月 2 日国家政变之后，在《我心赤裸》中，他将自己的反应以约瑟

---

① 布朗基主义，指的是以法国社会主义者和政治家路易·奥古斯特·布朗基的政治主张和理论为核心的极左革命社会主义政治思想。

夫·德·迈斯特尔的方式加以阐述：

> 我对政变的恐惧。多少次我都试图冲自己开
> 枪！又一个波拿巴！简直是耻辱！
> 可是一切都平息了。总统没有权利质疑吗？
> 而这位拿破仑三世皇帝。他所需要的。找到
> 一个解释，证明他的天命所归。（《波德莱尔全集》
> 第一卷，第 679 页）

似乎是天意的惩罚，法国活该有一个拿破仑三世。在
帝国体制下，波德莱尔不再关注政治。然而他在 1859 年 5
月给朋友纳达尔写了一封信："我无数次跟自己说，我对政
治不再感兴趣了，可每每有严重的情况出现，我还是充满
了好奇和激情。"（《波德莱尔通信集》第一卷，第 578 页）
譬如在意大利问题上，他支持拿破仑三世前往加富尔
（Cavour）抗击奥地利，他还关注了法国的那几场胜利：
"皇帝这算是洗干净了。看着吧，我亲爱的朋友，人们很快
就会忘记 12 月的恐怖。"（《波德莱尔通信集》第二卷，第
579 页）拿破仑三世在意大利捍卫了自由，为政变做出了

救赎和补偿，波德莱尔对此显然很满意。

然而在瓦尔特·本雅明之后，很流行将波德莱尔视作帝国内革命分子的同伴，"一个间谍——对自己这个阶级的统治怀有秘密不满的间谍"。如果说波德莱尔对资产阶级社会怀有敌意，他也同时没对社会主义有多少好感。在阅读约瑟夫·德·迈斯特尔之后，他从左派无政府主义者变成了人们如今所说的右派无政府主义者。

第二十一章

拾荒者

常常，在这盏路灯的红色的光亮之下，
风吹压着火苗，敲打着灯罩的玻璃，
老旧的郊区中心，泥泞的迷宫，
人烟稠密又拥挤，孕育着暴风，

人们看见拾荒者来了，摇头晃脑，
跌跌撞撞，像个诗人撞在墙上，
毫不理会那些密探，他的臣民，
将满心宏愿倒了个干净。

他发出誓言，口授高尚的法则，
把坏蛋们打翻，把受害者扶起，

他头顶着如华盖高张的苍穹，

陶醉在自己美德的光辉之中。

这就是《恶之花》中 1848 年之前早期诗歌的其中一篇，《拾荒者的酒》（*Le Vin des chiffonniers*），以社会和人道主义的关切而著称。在奥斯曼的工程之前，老旧的城郊还没有被煤气照明占领，路灯的火苗与风较量，就像是在《薄暮冥冥》（*Le Crépuscule du soir*）中所写的：

透过被风吹打着的微光，

妓女们在大街小巷中活跃起来，

像一队蚂蚁般把道路打开。

拾荒者，带着他的背篓和钩子，捡拾着被废弃的东西，他们是老巴黎和圣殿市郊（faubourg du Temple）[1] 的传奇人物，这个民众聚集的街区注定在奥斯曼的工程中被拆毁。

---

[1] 圣殿市郊街，法国巴黎十区和十一区的一条街道，开始于共和国广场，止于维莱特大道。

从路易-塞巴斯蒂安·梅西耶的《巴黎图景》，到七月王朝时期时兴的许多《生理学》（*Physiologies*），处处都能见到他的身影。那时正是讽刺漫画兴盛的年代，我们在漫画家那里见过他，譬如杜米埃给《喧闹》（*La Charivari*）[1] 所做的版画（波德莱尔将这首诗的手稿给了杜米埃）。

葡萄酒和印度大麻都是波德莱尔在《人造天堂》（*Les Paradis artificiels*）中所称颂的毒药。放荡不羁的年轻人和巴黎的小人物们在饮料零售店前称兄道弟；由于入市税的缘故，巴黎小酒馆的酒价上涨，于是人们在栅栏旁喝酒、做梦。尽管社会主义者和博爱主义者们批判酗酒，但酒确实鼓励了人们的反叛。

拾荒者是人民的化身，他过着一种不稳定的生活，多亏了酒精的作用使他忘记了自己的命运。通过想象过着战士般英雄主义的人生，他将自己视作波拿巴：

　　　　战旗，鲜花，还有胜利的弓矢

---

① 法国报纸，发行时间为 1832 至 1937 年，是世界上第一份讽刺画报。

在他们面前起立，庄严的魔力！

在号角、阳光、喊杀声和战鼓的

震耳欲聋、光彩夺目的狂欢中

他们把光荣带给陶醉于爱的民众！

因此，纵贯人类浅薄的历史

酒在金子上流淌，炫目的帕克多（Pactole）

河；

它用人的喉咙歌唱它的功绩，

因天赋而像真王一样地统治。

为了将怨恨溺去，将麻木哺育

对这些默默死去的不幸老人，

上帝，有感于悔恨，让他们睡去；

而人加上了酒，便是太阳的圣子！

这些亵渎神明的话中，不乏将这个充满痛苦的世界、没有酒的世界的产生归咎于对上帝的终极反叛。就像波德莱尔在《人造天堂》中所写："在这个球形的世界上有数不清的无名者，他们的困意不足以让所有的苦难睡去。酒便是他们的诗与歌。"（《波德莱尔全集》第一卷，第 382 页）这也是为什么诗人没有勇气去谴责酗酒。

拾荒者是诗人的一个化身，诗人在他身上寄托了梦与反叛，譬如在《太阳》（*Le Soleil*）中，有另一个年老的诗人，也身处"老旧的市郊"，这片诗人施展艺术的地方：

> 在各个角落里寻觅偶然的韵脚，
>
> 绊在字眼上，就像绊着了路上的砖石，
>
> 有时会撞上那梦想了许久的字句。

这位现代的、城市的、沮丧的诗人，用他自己的方式，也做着一个拾荒的人。

第二十二章

纨绔

波德莱尔是一个原型。围绕在他的身上、造就了他的声名的，总是许许多多的传奇。当他年轻时那些放荡不羁的朋友出版自己的回忆录时，众口一词地提到了诗人露骨的语言、放肆的风度与他不断的挑衅。波德莱尔引人注目；尚福勒里说，他有一种"独特的怪诞"，前者还回忆了波德莱尔那染成了绿色的头发。

　　后来，波德莱尔用纨绔主义（dandysme）来思考他自己的特立独行，并提到了巴尔贝·德·奥勒维利（Barbey d'Aurevilly）出版于 1845 年的书，《时尚与乔治·布鲁梅尔》（*Du dandysme et de G. Brummel*）。在《1846 年沙龙》中，波德莱尔将纨绔主义定义为"现代化的事物"，认为尤金·拉米（Eugène Lami）和加瓦尔尼（Gavarni）两位描绘高雅生活的作家是"纨绔主义的诗人"。

什么是纨绔呢？一个闲散、骄傲、轻快、洒脱的年轻人，在大道的露天座位出没，在杜乐丽花园漫步；喜欢对精神层面的东西侃侃而谈。波德莱尔在《我心赤裸》中用几句话总结了他的观点：

纨绔主义。

什么是上等人？

不是专于某事的人。

而是通晓享乐与普遍教育的人。（《波德莱尔全集》第一卷，第689页）

纨绔是民主的生成物，是正直之士与旧制度下善于恭维的人们最后的继承人；是一个将现代社会的功利主义视为洪水猛兽、涉猎广泛的文艺爱好者。"成为有用的人这件事在我看来总是那么地令人憎恶"，波德莱尔在他自传的某个片段中吐露了心声。（《波德莱尔全集》第一卷，第679页）

纨绔主义是《现代生活的画家》中最经常出现的字眼，

就像是毫无纪律中的一项严明纪律：

> 纨绔主义，是一种法则之外的惯例，有着自己一套严厉的法则，所有的对象都要严格遵守，不管他们自身的性格是多么狂热与独立。（《波德莱尔全集》第二卷，第 709 页）

一个纨绔子弟应当能够不去考虑金钱的问题，将所有的时间放在打扮和爱情上，但不管是金钱，或是打扮，或是爱情，都不是他最根本的属性（从波德莱尔二十年来的债务看，他总处于缺钱的状态）。财产、打扮和爱情仅仅是作为区分纨绔的一个标志，就像"象征了他们精神上的优越与高贵"。这就是为什么"绝对的简单"成了纨绔风度的一个特征（波德莱尔对穿着十分讲究，但他穿的却几乎千篇一律）。

在大众时代来临之际，纨绔都是些孤僻的个人主义者，他们聚集在文艺社团里，保留了社会的上层秩序，成为思想上的精英：

究竟是一种什么样的激情成为教条，让信徒们俯首听命；是什么样的教育，甚至没有写下来，却造就了这群自负的上流阶层？首先是在社会习俗的边界内，对独创性的热切需求。这是一个自我崇拜的群体，他们能够在他者——譬如女性的身上找寻快乐，甚至能够活在幻想之中。一种能够让别人吃惊的快乐，和永远不会被别人惊讶到的高傲的满足。纨绔可以是一个对什么都腻烦的人，可以是一个在苦难中挣扎的人；然而，在后一种情况下，他会像拉栖第梦人（Lacédémonien）被狐狸咬伤时一样微笑。

一个纨绔子弟力求控制住自己的感情，并达到一种绝对的沉着冷静。

纨绔这个词暗示着一种性格上的精髓和一种关于这个世界道德机制的微妙智慧；然而，另一方面，纨绔憧憬着冷漠与无动于衷。……纨绔对一切都腻烦，或者说出于社会等级或政治的原因，

他假装很冷漠。（《波德莱尔全集》第二卷，第
691 页）

这种游手好闲、失去了社会地位的人身上新的贵族气，
带着一种怀旧的情绪，与上升期的民主浪潮正面交锋：

纨绔主义是社会堕落中英雄主义的最后一丝
闪光。……纨绔主义是落日；如星体陨落，它绚
丽、冰冷、充满了忧郁。（《波德莱尔全集》第二
卷，第 711—712 页）

冰冷、果决、麻木，纨绔的矫饰是为了与自然保持距
离。"纨绔应当力求从不中断的高尚卓越。他应当在镜子前
生活和休憩。"（《波德莱尔全集》第一卷，第 678 页）因而
纨绔在《我心赤裸》中有另外一面，诗人将纨绔放在了女
性的对立面，认为女性是"纨绔的反面"（《波德莱尔全集》
第一卷，第 677 页）。

纨绔总是既身处其中，又置身事外，是一个永恒的局
外人。就像是散文诗《局外人》（*L'Étranger*）的主人公，

天真的世界主义者，无理的文明人，他是一个观察者，一个局内的敌人，一个没有理由的反叛者：

> 在自己的家之外，然而处处又仿佛在家里；看这个世界，在世界的中心，藏在世界之外，这些便是自由的、热情的、公正的灵魂最不足道的乐趣，语言只能笨拙地描述它。（《波德莱尔全集》第二卷，第692页）

就这样，纨绔领略着这永久的双重游戏所带来的乐趣与局促。

第二十三章

女人们

我的孩子，我的姐妹，

想想去那边共同生活

多么甜美！

尽情去爱，

在与你相像的国度

恋爱、死亡！

天空混沌

阳光也因此湿润了，

在我的心上，

有谜一样的美丽，

你的眼睛泪光盈盈，

将你背叛。

那儿，所有的不过是秩序和美，

奢华、宁静与沉醉。[①]

　　没有诗人比波德莱尔更会描写女人与爱情，特别是那些卓越的诗歌里，譬如《头发》（*Le Chevelure*）和《邀游》（*L'Invitation au voyage*）。我们通常会在《恶之花》中看出好几首诗献给他爱的女人们，如珍妮·杜瓦尔（Jeanne Duval）、萨巴提尔夫人（Mme Sabatier）、玛丽·多布朗（Marie Daubrun）。然而波德莱尔对女性也有一些可怕的想法，这些想法难以掩饰，让他至今还背着厌女症的名声。事实上，《我心赤裸》中有一些本不该以这种形式出版的片段让人深感不适，下面这几句甚至还不是最糟的：

　　我始终为女性能够进入教堂而感到震惊。她们与上帝之间会有什么交谈呢？（《波德莱尔全集》第一卷，第693页）

---

① 出自《恶之花》，《邀游》。

女人无法将灵魂与躯体分开。她十分简单，就像动物一样。——一个讽刺诗人会说，这是因为她只有躯体。（《波德莱尔全集》第二卷，第694页）

女性是纨绔的反面。

因此她令人憎恶。

女人，饿了就进食；渴了便喝水。

若是她处在发情期，她就会想要被……

美丽还是有益的！

女人是自然的，也就是说她是令人厌恶的。

她总是十分粗鄙，完全是纨绔的对立面。

（《波德莱尔全集》第一卷，第677页）

这些话既是顽皮的闹剧，又像是孩子气的挑衅。波德莱尔断定女人缺乏精神性，因为她们比起男人来，离自然更近，也就是离恶更近。在《拉方法尔罗》（La Fanfarlo）中，萨缪尔·克拉默（Samuel Cramer）作为诗人的化身，"认为繁殖是爱的瑕疵，而怀孕则是一种蜘蛛织网式的疾病。他在某处写道：天使们都是雌雄同体且不会生育的。"

（《波德莱尔全集》第一卷，第 577 页）而交际花们，她们逃避生育，成为更高级的女性。

在《给青年文人的忠告》（Conseils aux jeunes littérateurs）中关于情妇的章节，年轻的波德莱尔（二十五岁）将她们贬低成物品：

> 由于所有真正意义上的文人都在某些时刻对文学抱有恐惧，因而我替他们承认——自由而骄傲的灵魂和困倦的精神总需要在礼拜日休憩一番——只有两种女性能够被接纳：女孩子或者愚蠢的女人——爱情或是蔬菜牛肉浓汤。（《波德莱尔全集》第二卷，第 20 页）

《烟火》中那句令人震惊的格言完美地总结了这个观点："爱上有智慧的女性是一种男同性恋式的快乐。"（《波德莱尔全集》第一卷，第 653 页）随后，《现代生活画卷》（Peinture de la vie moderne）中关于女人和女孩的章节也表现得同样轻蔑：

这种造物，对于大多数的男人而言，是最鲜活的源泉，甚至，冒着哲学情欲的羞耻感，可以说她是最持久的享受；……在这个造物的身上，约瑟夫·德·迈斯特尔看到了一只美丽的小兽，有着悦目的优雅，让严肃的政治游戏变得更加轻松。（《波德莱尔全集》第二卷，第713页）

只有女喜剧演员化妆的技巧，才让她们远离自然，找到世人眼中的优雅。

这些胡言乱语表现了诗人完完全全的粗野，就算我们能在无数波德莱尔的同辈人——譬如巴尔贝·德·奥勒维利、福楼拜或龚古尔兄弟那里找到同样令人憎恶的话，也不能洗脱他的罪名。

最糟糕的妄语当属《我心赤裸》中对乔治·桑的评价：

作为女人的桑是不死的普吕多姆（Prud-homme）……

她有着著名的流畅风格，资产阶级的那一套。

她愚蠢，笨重，话又多；在道德层面，她做

判断的深度与感情的细腻程度跟门房或者保养得当的姑娘们差不多。……

竟然有几个男人忽然爱上了这个粪坑，正表明本世纪的男人们已经堕落到了何种地步。(《波德莱尔全集》第一卷，第686页)

波德莱尔，就像他自认为的，是一个"易怒的人"，女人们让他痛苦万分，男人们也没好到哪里去；在提到女人时，他表现出的是苦涩，甚至还有怨恨。让我们马上去看看他性格的另一个侧面，他心中理想化的女性形象，譬如在《阳台》(*Le Balcon*)中：

我的回忆之母，情人中的情人，
你呀，我全部的快乐！你呀，我全部的敬意！
你可曾记起爱抚的温柔，
那炉边的温馨，那黄昏的魅力，
我的回忆之母，情人中的情人！

第二十四章

天主教

上帝如何对待这众多的背弃者

这些人整日向天使祈祷?

像一个饱食了酒肉的暴君,

在可怕的、渎神的轻柔噪声中睡去。

——啊! 耶稣,记得那橄榄园!

在一片赤诚中,你跪下祈祷

被逼的刽子手们将钉子插进你的血肉,

天上的发出嘲弄的微笑。

在 1857 年《恶之花》的诉讼案中,《圣彼得的背弃》(*Le Reniement de saint Pierre*)首先遭到攻击,被认为是

"玷污了宗教的道德"。然而后来，人们将波德莱尔视为信奉基督教的诗人，而保罗·克洛岱尔（Paul Claudel）则如此评价《恶之花》的语言："诗人将拉辛式的风格与那个时代报社记者的笔法绝妙地融和在一起。"

对于所谓的新闻笔法，克洛岱尔考虑的是诗人口语化的用词，特别是他受到城市化的启发而使用的那些从工业文明中借鉴的新词，譬如车厢、公路、公共汽车、路灯或是资产负债表。

与拉辛的相似之处，成为 20 世纪初评价波德莱尔的一种套话。阿纳托尔·法朗士和普鲁斯特并没有将波德莱尔身上古典诗人与基督教诗人的部分区分开来。"波德莱尔并非吟咏罪恶的诗人，"法朗士说道，"他是描写原罪的诗人，这两者是很不一样的。"克洛岱尔将波德莱尔的风格与拉辛相比较，提到了《菲德拉》（*Phèdre*）中所体现的詹森派的教义。因为将波德莱尔当成基督教诗人，实际上误读了诗人的神学观；让人想到 1848 年的理想社会主义与乌托邦思想，这是一种与穷苦人的团结，类似圣人之间的连结与慈悲的变体。除了基督教诗人、与下层人的兄弟情谊外，在波德莱尔身上还有一点，或许是最本质的一点，就是他的天主教思想，也就是他更具教理性的一面。

波德莱尔的上帝对于耶稣而言并不是一个救世主，而是一个审判者和复仇者，譬如在《恶之花》或者说就是在《圣彼得的背弃》中，上帝的存在只是为了发出讥笑："圣彼得背弃了耶稣……干得好！"波德莱尔引入了上帝和撒旦，是为了提出人原罪与入地狱之罪，但他对所谓的救赎完全无动于衷。这也是为什么普鲁斯特称他为"以色列的先知们之后最悲痛的预言家"。

"若想解释恶，永远都需要回到萨德那里，也就是说回到自然的人那里。"波德莱尔如此说道。（《波德莱尔全集》第一卷，第595页）我们可以看到，在阅读埃德加·爱伦·坡之后，在《恶之花》的美学与形而上学的观点逐渐形成的年代，他受到了约瑟夫·德·迈斯特尔的影响。"德·迈斯特尔和埃德加·坡教会了我理性思考，"我们在《烟火》的一个片段中读到了这样一句话。（《波德莱尔全集》第一卷，第669页）在那一段时间里被提出的诗集标题，譬如《女同性恋者》（*Les Lesbiennes*）和《莱斯波特》（*Les Limbes*），都在现实主义、撒旦主义和社会主义之间摇摆不定。然而，在1855年世博会的总结中，波德莱尔忽然坚定了他所信奉的教条：他用了几页纸的篇幅，出色地反驳了进步的观点。我们可以把埃内斯特·拉维斯（Ernest Lavisse)[1] 评价夏尔·佩吉（Charles Péguy)[2] 的话用在波德莱尔身上："一个将圣水倒进汽油里的天主教无政府主义者。"

跟德·迈斯特尔一起，波德莱尔从此开始信奉"恶"的普遍性。对于人类而言，唯一可以理解的进步便是"减少原罪留下的痕迹"（《波德莱尔全集》第一卷，第697页），也就是说"对恶的知觉"。

就像波德莱尔在评价萨德时所说，与乔治·桑的好心截然相反，"已知的恶比被忽略的恶更容易消除，更没那么可怕"（《波德莱尔全集》第二卷，第68页）。

《恶之花》的《无可救药》（L'Irrémédiable）一诗更接近悲痛的神学，诗的第一句便是创世的场景，仿佛上帝的跌落：

　　　　一个观念，一个形式，一种存在，

　　　　从蓝色的天空跌进

---

① 埃内斯特·拉维斯（Ernest Lavisse, 1842—1922），法国历史学家。

② 夏尔·佩吉（Charles Péguy, 1873—1914），法国诗人、作家、散文家，预备役军官。

泥泞如铅的冥里，

随后诗歌有强调了"恶"的无处不在：

真理之井，既黑且明，

有苍白的星辰颤动，

有地狱的灯塔在讥讽，

火炬有魔鬼般的妖娆，

独特的慰藉和荣耀，

——那恶的意识！

这里的波德莱尔既是萨德派的，又是迈斯特尔派的，甚至像莱昂·布洛伊（Léon Bloy）① 所说的那样，是"天主教的对立面"。我们今天不是很容易理解他，但他也并非全无道理。

———————————

① 莱昂·布洛伊（Léon Bloy, 1846—1917），法国作家，信奉天主教，提倡社会改革。

第二十五章

报纸

不管哪一天、哪个月、哪一年，在浏览报纸的时候，每一行里我们都能发现人类最糟糕的堕落，还有关于正直、美德、仁慈那些令人震惊的自吹自擂，以及与进步和文明相关的最厚颜无耻的肯定。

　　任何报纸，从头到尾，都不过是一连串的恐怖。战争、犯罪、盗窃、猥亵、折磨，王公贵族乃至一个国家的罪行，个人的犯罪，一种对普世暴行的沉醉。（《波德莱尔全集》第一卷，第705—706 页）

波德莱尔是在媒体行业的大潮中长大的。1836 年他十五岁，第一份广泛发行的大版面日报问世，即埃米尔·德·吉拉尔丁（Émile de Girardin）的《新闻报》（*La Presse*）和阿尔芒·杜塔克（Armand Dutacq）的《世纪报》（*Le Siècle*）。在紧凑排列的四页纸上，有第一页下方连载小说，其余充斥着巴黎的、法国的以及国外的新闻、司法判决、杂闻、股市信息，还有占满最后一页的乐透和发蜡的广告。这场技术和道德革命如此粗暴，如此令人烦扰，自此，广播、电视、网络的时代陆续来临了。

几年后，波德莱尔成年之后，曾十分严肃地考虑过自杀的问题。在向朋友们解释时，他提到了这种新兴的日报。"这些大版面的报纸让生活变得难以忍受，"他对他们说。这些"公报"（gazettes），人们常这么叫，让他想要逃离，去往"报纸尚未出现的世界"。*Any where out of the world*——世界之外，不管是哪里：只要那里没有报纸。

什么让波德莱尔如此严厉地指责报纸，甚至想去死呢？报纸就是现代化世界本身的象征，也就是说，它代表了一种精神的堕落，意味着诗意的消亡，美被实用所取代，艺术被技术所代替，对物质的崇拜以及对所有超然的废止。

文明人每天早晨就用这些倒胃口的开胃酒佐餐。全世界都在流淌着罪恶：报纸，围墙与人类的面孔。

　　我实在不能理解，在手碰过报纸之后，怎么能不感到倒胃口。(《波德莱尔全集》第一卷，第706页)

　　然而，波德莱尔是靠新闻报纸讨生活。他将圣伯夫视为"记者诗人"，依据是他写作《约瑟夫·德洛姆的诗歌》(*Poésies de Joseph Delorme*) 并编纂《星期一》(*Lundis*)。波德莱尔本人则更是名副其实的"记者诗人"，把他的精力放在"小报"(Petits journaux) 上，这些文学小册子和先锋的讽刺小品消失得跟它们出现时一样快。但他也希望将自己的诗歌或散文、他的《沙龙》(*Salons*) 放在大版面的报纸上，让主编们不胜其扰，虽然最终也很少能达到他的目标。

　　这位"现代性"的发明者十分反感印刷界——后者让他神魂颠倒，也叫他厌恶万分，但他从未停止在报纸上发表自己的作品。他裁剪报纸，收集那些表明了同时代人的愚蠢的文章，譬如在他旅居布鲁塞尔期间的比利时人，但他总是绕不过报纸，无论是小报还是大报，他总会去阅读和投稿。

他在"小报"的身上找到了一种必不可少的功能，认为它们是唯一能够抓住、改正和揭穿大媒体官方刊物那些谎话和模糊措辞的存在：

> 每一次我看到那些我们这个世界源源不断、无穷无尽产生的那些恶俗的蠢事、可怕的虚伪，我都会立即明白"小报"的用处。（《波德莱尔全集》第二卷，第225页）

他在一封写给"小报"的信中提到了这一点，这家报纸是那个时代的《费加罗报》，波德莱尔在上面批判某些成见。"小报"让"大版面的报纸们"十分不安；如今，博客和网络成了我们的小报。没有它们，我们有时甚至会有逃跑的冲动。逃往数字世界之外的任何一个地方。

第二十六章

"待组织起来的绝妙密谋"

波德莱尔从未想要去讨好别人，他甚至故意去让人不快，去冒犯别人，让人反感，将他的忧郁、愤世嫉俗、厌女症、轻蔑公之于众。人们甚至指责他有反犹主义思想。在《恶之花》中，他这么描写萨拉（Sara），一个他二十岁时时常拜访的交际花：

> 一天夜晚，我在一个可怕的女犹太身旁，
>
> 就像伸展的尸体旁的一具死尸
>
> 在这出售的身体边，我想到
>
> 我那欲望所放弃的悲戚美丽。

在他与出版商米歇尔·列维（Michel Lévy）的争论

中，他开始影射对手的宗教——"这个愚蠢（但非常富裕）的犹太人"（《波德莱尔通信集》第一卷，第488页）。另外，后者似乎还与律师纳西斯·昂塞尔（Narcisse Ancelle）联合起来，昂赛尔是波德莱尔的法律顾问，从他二十岁的浪荡生活起便管理着他的资产，波德莱尔感觉自己一直受到这位律师的迫害。

在《巴黎图景》的《七个老头子》一诗中，那个他在城里遇到的老人，用令人惊骇的方式复制了七个自己，是流浪的犹太人的化身。这个浪漫主义的大英雄，拒绝给受难中的耶稣一杯水，被诅咒永远行走下去。

> 突然，一个老人，黄黄的衣衫褴褛
> 模仿这多雨天空的颜色，
> 若不是他的眼中流露着凶光，
> 真会引来雨点般落下的施舍，
>
> 在我眼前出现。仿佛他的眸子
> 在胆汁中浸过；目光冷冽如霜，
> 长长的胡子，僵硬如剑

直挺挺的，如犹大的一样。

他的背不驼，腰却弯了，脊椎骨

和腿形成一个完美的直角，

如此巧妙，木棍把他的外表补足，

使他的笨拙的举止和步伐

成了残废的走兽或三足的犹太人

　　波德莱尔对这个怪物十分畏惧，但通过埃德加·爱伦·坡笔下的"集体中的一人"，也将自己视为它的同类。

　　他认识了阿方斯·杜森（Alphonse Toussenel），《犹太人，时代的国王》（*Juifs, roi de l'époque*）的作者，这本小册子出版于1847年，书中对银行家们进行了抨击。随后，在1856年，波德莱尔感谢他送给自己的另一本书，《傻瓜的灵魂》（*L'Esprit des bêtes*），在这本书里，波德莱尔找到了自己关于"普遍类推"的观点以及对"无限进步"的反对。然而，波德莱尔并不认同杜森以社会主义对财政的怀疑为基石的反犹主义。

另一篇文章，最具压倒性的一篇，是《我心赤裸》中的一个片段：

> 犹太人的种族灭绝，一场待组织起来的绝妙密谋。
>
> 犹太人，图书管理人和人类救赎的见证者。

（《波德莱尔全集》第一卷，第 706 页）

这些词句，如果理解不当的话，会让今天波德莱尔的读者们震惊不已。有些人甚至会认为诗人是一个从古老的基督教反犹传统演变至种族灭绝思想的现代反犹主义的先锋。

这几行字解释起来并不是十分困难，它们令人想到了圣奥古斯丁写下的那句在 19 世纪非常著名的论断："犹太人是圣经的持有者，而基督徒们在书中找到了自己的信仰。他们注定是我们的图书管理人。"帕斯卡尔在《思想录》（*Pensées*）中也引用了这个观点："很显然，他们的存在便是作为弥赛亚的见证。……犹太人持有圣经，热爱圣经，却从未理解过圣经。"（Lafuma，第 495 页）

在波德莱尔那里，"消灭"这个词也来自奥古斯丁和帕斯卡尔①，这两个人都认为这是个危险的说法。帕斯卡尔写道："如果犹太人都改信了基督教，我们将只会有一些可疑的见证者。如果他们全部被消灭了，那我们就一个见证者都没有了。"（Lafuma，第 592 页）

在他们眼里，犹太人的存在十分重要，因为只有这样才能保留耶稣的见证人。波德莱尔难道与帕斯卡尔就此产生分歧，要求杀死犹太人吗？一点儿也没有，因为他很快引用了奥古斯丁和帕斯卡尔的话：消灭犹太人就是让见证都消失。

可是，既然如此，为何说"……绝妙密谋"呢？让·斯塔罗宾斯基提醒我们，波德莱尔用这种修饰语的时候，常常是为了讽刺或是说反话，就像他于 1856 年 12 月等待着《恶之花》那些"绝妙的普世批评"（《波德莱尔通信集》第一卷，第 364 页），又或者他在《孤独》（*La Solitude*）中嘲弄《巴黎的忧郁》中的散文诗是"本世纪的绝妙语言"。"绝妙"在这里其实是在嘲笑。总而言之，从《我心赤裸》的这个片段中，并不能推断出波德莱尔有反犹主义的思想。

---

① Louis Lafuma 为编辑的名字，是帕斯卡尔《思想录》的编辑和作序者。

第二十七章

摄影

摄影属于波德莱尔所厌恶的"现代玩意儿"之一，但也是他无法回避的，就像报纸和大道一样。它们都是堕落的工具，是理想世界的消逝，但没有人比波德莱尔更善于此道，比他更具艺术性，更加技艺精湛。他很幸运，有加斯帕德-费利克斯·图尔纳雄（Gaspard-Félix Tournachon）做他的朋友——同时也是敌人，后者就是人们口中的纳达尔，当代最伟大的摄影师。纳达尔为进步和民主欢欣鼓舞，宣扬波德莱尔痛恨的所有东西；在尝试了讽刺漫画和摄影之后，波德莱尔仿佛是坐上了热气球。这两个人之间的龃龉从未停止过，但波德莱尔从这位亲近的对手身上学到了很多东西。

《1859年沙龙》中对摄影和现代化的现实主义进行了

严厉的抨击。摄影亵渎了人与图像之间的关系，是一种唯物主义和资产阶级的东西，引发了一场艺术再现的革命，加快了波德莱尔所谓的道德、形而上学甚至神学领域的堕落。这只现代化的金牛犊展现在"偶像崇拜的人群"面前，神性的痕迹被抹去了。波德莱尔通过新异教主义①刻画了一神教的出路，他将其称为信经（*credo*）：

> "我信仰自然，我也只相信自然……我认为艺术是且只能是对自然的再现……如此，工业给了我们一种对自然的复刻，成了一种绝对的艺术。"一个复仇的上帝应允了他们的愿望。达盖尔（Daguerre）②成了祂的弥赛亚。于是这位弥赛亚对自己说："由于摄影满足了我们对精确度的所有渴求（他们竟然相信这个，这群失去理智的人！），

---

① 或称新异教信仰，是多种新兴宗教运动的统称。这类新信仰主要是与基督教开始盛行以前的非基督宗教有关，其中包含了许多不同的思想，包括多神论、泛灵论与二神论等，以及由此衍生的各种变形。

② 路易-雅克-曼德·达盖尔（1787—1851），法国发明家、艺术家和化学家，原为舞台背景画家，后来发明了盖尔达银版法，又称盖尔达摄影法。1839 年，法国科学与技术学院购买了其摄影法的专利，并公布于世，宣告摄影的诞生。

艺术，便是摄影。"从这一刻起，卑鄙的世界蜂拥而至，像孤独的纳西索斯，在金属中凝视着他平凡的映象。（《波德莱尔全集》第二卷，第617页）

现实主义摄影的新宗教在他眼中是一种新的偶像崇拜，因为前者用摹仿取代了想象。为了反对现实主义，他在《1859年沙龙》中宣称自己是"艺术的王后"。因此，摄影的宗教成了一场异教的复兴；摄影的年代，便成了上帝死亡的时代，因为前者引入了一个替代品，一个新的信仰、信经和弥赛亚。"神性的绘画"被"平凡的映象"所取代。

工业，忽然冲进了艺术领域，成了它最致命的敌人，而且……功能的融和，让所有的功能都不能完美地发挥。诗歌和进步是两个互相憎恨的野心家，它们对彼此有着天然的仇恨。当它们在同一条路上相遇时，一个势必要臣服于另一个之下。（《波德莱尔全集》第二卷，第618页）

然而，1865年12月，波德莱尔在从布鲁塞尔给他母亲的信中写道：

> 我很想要一幅你的肖像。这个念头牢牢地
> 占据着我的脑袋。在勒阿弗尔有位杰出的摄影
> 师。但恐怕还不是现在。我须得在场才行。你
> 不知道，所有的摄影师，即使是最杰出的那些，
> 都有些荒唐的怪癖；他们认为一张好的照片，
> 就得照出所有的瘕子、皱纹和缺陷，所有面容
> 上的平庸都变得那么明显，那么夸张；照片越
> 粗砺，他们就越满意。……只有在巴黎，他们才
> 知道我想要什么样的照片，也就是说，准确，
> 但又有绘画的朦胧感。不管怎么样，我们会找
> 到的，不是吗？（《波德莱尔通信集》第二卷，
> 第 554 页）

波德莱尔充分表达了他对摄影的美学思考。他了解照
片通常都会有的缺陷：线条粗砺，显得阴沉的黑色，强烈
的对比，鼻子、手和膝盖都过于突出。成功的摄影作品都
能找到一种绘画的模糊感，远离粗糙的现实主义或雕刻式

的复制。他梦想着一种如他的母亲般柔和的摄影，相较于多变更倾向于融和。

波德莱尔也是一个很有镜头感的人。他为纳达尔和卡尔加特（Carjat）摆出了完美的姿势。这是一个奇怪的悖论：这位蔑视摄影的人为我们留下了十五张左右绝佳的相片，而对于如今的读者而言，他的诗歌也与这些我们所熟知的肖像紧紧地联系在一起。

第二十八章

污泥与黄金

这就是白天里在首都捡拾破烂的男人。所有
这个大城市扔弃的，所有他丢失的，所有被这个
城市蔑视的，所有被毁坏的，他都将它们分门别
类，收集起来。他查阅着大吃大喝的档案、被杂
乱堆放的废品。他像摸彩般做着聪明的挑选；他
将它们捡起来，仿佛一个守财奴捡起财宝。那些
垃圾，被工业的神圣重新反刍，成了有用的、让
人享受的物品。（《波德莱尔全集》第一卷，第
381 页）

　　七月王朝和第二帝国是拾荒的黄金时代。拾荒者们是
一个社会群体，一种在新的巴黎图景中无处不在的神秘形

184

象。在文学作品中，他们是第欧根尼式的哲学家，自由的人，无忧无虑的梦想家，时常忘记自己的悲惨命运，忘记自己是窥探者，是劳动阶级和危险分子们的代言人。背着他们的背篓或者小筐——俚语中被叫作小敞篷或是柳条羊绒，带着他们的钩子——因为形状的缘故又被称为七型钩，他的灯笼上有登记的编号。杜米埃、加瓦尔尼或特拉维埃（Traviès）曾画过他们的速写，在图画中，他们在"街角的"垃圾堆里翻找，老巴黎的街上没有人行道，只有巨大的石头保护着两旁的建筑。波德莱尔在《人造天堂》中，除了刻画酒带来的快乐，便是紧紧追随着他们的脚步；他跟在他们后面，在穆浮达路（rue Mouffetard）这个他们谋生的地方与拾荒者们会合。

　　路灯被夜风吹打，发出晦暗的光，拾荒者从圣热纳维耶芙山（Sainte-Geneviève）居民众多且蜿蜒的长巷一路往上。他又穿上了柳条披肩，拿上了七型钩。他摇晃着脑袋，在路上跟跟跄跄，像整日游荡寻觅韵脚的诗人。他自言自语；他将灵魂倾入冰冷的空气与夜的阴郁之中。这是一曲忧郁的独白，让最抒情的悲剧都产生怜悯之心。

破布和废旧的纸可以用来制作新的纸张和纸板；骨头被做成骨炭，或是做成火柴所需的磷；碎玻璃重新被熔化；钉子回归到废铁的行列；狗和猫被剥去的皮，会被送往旧衣店；头发被重新编成辫子或发髻，回到贵人的头上；旧鞋子变成了新的皮鞋。皮埃尔·拉鲁斯（Pierre Larousse）总结道："一切都被收集起来。"甚至沙丁鱼罐头都被做成孩童的玩具，变成了小喇叭或是士兵模型。那些账单、诗句、情书，那些第二本《忧郁》相关的诉讼和轶事都应当被归入纸品一列，而"各类收据上，笨重的头发卷成团"则将最终变成假发。

一旦拾荒者走过，留下的便只是污泥，这污泥在1861年《恶之花》的《巴黎图景》中随处可见，譬如《天鹅》中的"那黑女人，憔悴而干枯，在污泥中艰难前行"，又或是《七个老头子》中的幽灵"在大雪和泥泞中挣扎跋涉"，又或是《旅行》中"年老的流浪者，在污泥中艰难前行"。

然而，不能将这里的污泥想象成我们所理解的那一种泥土与水混合而成的无机物，因为这里的泥是另一个时代的有机产物，被称作巴黎的腐败物，黑色或绿色，街角或小河中的垃圾腐烂产生的泥沼。这里的污泥也是污垢清扫员或是道路清洁工所面对的污泥，这些人后来有了一些更委婉的说法，譬如我小的时候人们所说的清道夫。污泥是拾荒者的肥料，这些收烂泥的，将它们卖给阿让特伊①的菜农们，给他们做芦笋的肥料。

在这种雨果笔下"不洁"的烂泥里，在《失去光环》这首诗中，诗人在穿越大道时掉落了他的王冠。在这场黄金与垃圾的游戏，或者说是王国与泥淖的游戏里，当代最著名的例子当属 1848 年 2 月 26 日，连续几天的革命，菲利克斯·皮亚（Félix Pyat）的音乐剧《巴黎的拾荒者》（*Chiffonnier de Paris*）免费公演，皮亚很快被人们称为山岳派②，随后被流放，之后成为巴黎公社成员，然后又被流放。剧中有这样一幕，在扮演拾荒者角色的弗雷德里克-勒梅特（Frédérick-Lemaître）将背篓里的东西倒出来盘点存货的时候，"在夜间收获的废弃物中找到了一顶王冠"，

---

① 阿让特伊（Argenteuil），法国法兰西岛大区的一个市镇，位于巴黎郊区。

② 山岳派（montagnard），法国大革命时期的一个激进派政党，主要由中产阶级组成。

就像皮埃尔·拉鲁斯所回忆的，"公众们全都为他的胜利而颤抖"，爆发出极大的喜悦。

与《人造天堂》中的拾荒者相比，诗人在《恶之花》中对污泥的描写是："我揉搓着泥泞，从中找到了黄金。"1855 年，保罗·梅里斯（Paul Meurice）名为《巴黎》（Paris）的戏剧上映后受到帝国制度的打压，雨果写信安慰他："没什么损失，耐心点儿，就算在污泥里，金子也会被人找到，帝国不会让你的作品失去光彩。"

波德莱尔愈加猛烈地抨击巴黎，这个"下流之都"，他计划在 1861 年版本的《恶之花》后记中如此大声呼吁："你把你的污泥给了我，而我还之以黄金。"与其说是奥维德《变形记》中讲述的关于弥达斯①的神话，这句话更像是在说巴黎拾荒者们所发挥的生理学功能。

---

① 弥达斯，希腊神话中弗里吉亚国王，可以点石成金。

第二十九章

奇异的剑术

沿着古旧的城郊，一排排破房

拉下遮蔽着淫荡秘密的百叶窗，

当酷烈的太阳反复地

鞭打着城市与田野，屋顶与麦田，

我将独自练习那奇异的剑术，

在各个角落里寻觅偶然的韵脚，

绊在字眼上，就像绊着了路上的砖石，

有时会撞上那梦想了许久的字句。

　　按照我们的理解，拾荒者，就像一个喜剧演员或是
江湖卖艺的，按照让·斯塔罗宾斯基的说法，是"诗人
本身的譬喻"。在《人造天堂》中："他摇晃着脑袋，在

路上踉踉跄跄，像整日游荡寻觅韵脚的诗人。"然而在《恶之花》早期的诗歌《太阳》中，是诗人"撞上"了词句，就像绊在路上的砖石上。他遇到了它们，抵达了它们，而不仅仅是磕磕绊绊、互相碰撞。诗人表达了这种碰撞的爆裂，还有相遇的快乐、意外的收获以及幸运的发现。

就像波德莱尔在《巴黎的忧郁》中给阿尔塞纳·乌赛（Arsène Houssaye）[①] 的题词，后者是与诗人同样放荡不羁的老朋友，后来变成了旧制度的名流——"特别是由于经常出入那些大城市，并看到了它们千丝万缕的联系"才有了这首散文诗，才有这种"纠缠不休的念头"去写作这种"足够的柔软与碰撞"，来表现城市的曲折。

但为什么是"奇异的剑术"？这个意象让人不安，时至今日对我而言仍保持了它的神秘。我在其中看到了拾荒者挥舞着钩子，在街角发出铁器碰撞的哐当声。当警察署决定依据 1828 年法案对拾荒者进行登记时，给出的理由是：

[①] 阿尔塞纳·乌赛（Arsène Houssaye, 1815—1896），法国记者、作家、艺术和文学评论家。

"如果坏人跟拾荒者一样弄到钩子，作为他们偷盗或谋杀的工具，他们可以逃脱警察的监管"。而七型钩，还被称为鹰嘴杖、背篓钳（或是爱情捕手；当这位用钩的骑士自诩丘比特，背篓变成了他的箭囊时，我们可以这样叫它），则会成为一种很危险的冷兵器。

1832 年 4 月 1 日，在相关机构要求立即清理垃圾，给被霍乱毁坏的城市消毒后，巴黎的拾荒者们组织了反抗。这场骚乱罕见地十分暴烈，媒体将其形容成敌对双方均手持武器的一场战斗："拾荒者的钩子与政府卫兵的军刀、军官的佩剑交锋。"钩子、军刀、长剑，这三种装备有着同样的性质，似乎在暗示，《七个老头子》中被"沉重的敞车摇晃市镇"所震惊的幽灵，其本身便是一个拾荒者：

> 突然，一个老人，黄黄的衣衫褴褛
> 模仿这多雨天空的颜色，
> 若不是他的眼中流露着凶光，
> 真会引来雨点般落下的施舍，

在我眼前出现。仿佛他的眸子

在胆汁中浸过；目光冷冽如霜，

长长的胡子，僵硬如剑

直挺挺的，如犹大的一样。

这个流浪的犹太人的化身，他的胡子如同长剑〔拾荒者们，就像挨户兜售的商贩，就像是亚哈随鲁（Ahasvérus），由于欧仁·苏（Eugène Sue）继《巴黎的秘密》（*Mystères de Paris*）后的小说《流浪的犹太人》（*Le Juif errant*）而重新流行起来〕。就像其他人一样，这个形象也有一根棍子，或许是带鹰嘴的手杖，给他一种"成了残废的走兽或三足的犹太人"的姿态。

因此，"奇异的剑术"表现了拾荒者带着钩子走路的样子，接下来的诗句更加强了这一假说："在各个角落刺探"，其中"刺探"和"花剑"是谐音，而"角落"则让我们想到街角。就像康斯坦丁·居伊从巴黎的夜行百态中回来："现在，在其他人都睡着的时候，他俯身探向桌子，投射在那页纸上的目光仿佛之前看那些东西，用铅笔、鹅毛笔和画笔练习剑术。"（《波德莱尔全集》第二

卷，第 693 页）

在 1832 年拾荒者暴乱的时候，波德莱尔还是个孩子，但他无法忽视这个史诗般的事件。1861 年《巴黎图景》中，在《太阳》之后还有一首诗，名为《风景》（*Paysage*），描写了另一个诗意的时刻，这首诗是否也提到了那次暴乱？

　　　　暴乱徒然地在我的窗前怒吼，

　　　　不会让我从书桌上抬起额头。

第三十章

谜语与废物

在《小老太婆》（*Les Petites vieilles*）中，她们被诗人在首都"曲曲弯弯的褶皱"中围追堵截，她们"衰老"，仿佛"支离破碎的怪物"，"弯腰、驼背、被摧毁"：

她们匍匐着走，被无情的北风鞭打

在马车的轰隆中不住地惊跳，

身子一侧紧紧地夹着一个绣着花朵或字谜的

小包，

如同夹着圣物一般。

这些字谜常常让我困惑。波德莱尔预料到它们会让读者吃惊，在 1859 年 9 月给雨果的手稿附言中，他提到这些字谜曾以版画的形式出现在皮埃尔·德·拉·梅桑格雷（Pierre de La Mésangère）在督政府时期发行的《女士与时尚杂志》（*Journal des dames et des modes*）上；这则附言并没有被收录进 1861 年版的《恶之花》。他的朋友普莱-马拉西曾于 1859 年 2 月给当时正在翁弗勒尔的他寄过一期。刻着铭文或字谜的公文包在 1797 年十分流行。在《小老太婆》刺绣的字谜背后，是一种特殊的文化表达，或者至少是从旧报纸中找到的形象。我知道这一点，但仍茫然不知所措。如果波德莱尔曾认为应当用注释来解释一下，说明他自己也有困惑。

然而，我偶然间看到《费加罗报》上刊登于 1837 年的一篇文章（实际上作者是泰奥菲尔·戈蒂耶，《恶之花》"完美无缺的"受献词者），题目是"艺术家的房间"：

艺术家的房间应当隐匿在浓重的、老旧时光的废墟之中；它采集其他人的气味，有时从远处寻找他们，作为自己最温柔的装饰。到处都是餐具的碎片、不寻常的器皿、旧衣服的碎屑、丢在角落的废物、绞碎的锦缎、小号、生锈的打火机，时间越久远越好……这就是最好的了。

　　我们似乎能看到波德莱尔在圣路易岛上皮莫丹酒店的房间，是他还在放荡形骸的时候居住的。戈蒂耶在写作装饰（ornements）和废物（rebuts）的时候还没有加上字母t，而他所说的"丢在角落的废物"依旧指的是拾荒者的角落。小老太婆们的小包或许也是在街角捡到的？

　　戈蒂耶本人对污泥和黄金、光环和垃圾的游戏很有感触，譬如收录在 1845 年版《西班牙》（*España*）《瓦尔德斯·莱亚尔的两幅画》（*Deux tableaux de Valdes Léal*）中的其中一首，里面对巴洛克"虚荣"的描写为波德莱尔的欣赏（《波德莱尔全集》第二卷，第 126 页）：

　　　　其中的一个托盘上，是教皇的三重冕、

　　　　国王的冠冕、权杖和徽章；

　　　　另一个，是邪恶的废物、垃圾和碎片。

　　　　在至高的天平上，他们有着同样的重量。

　　废物（rebut）还是字谜（rebus）？这两个在词典中前

后挨着的词在我的脑海里挥之不去，还有那令人神经紧张的相似读音与写法。我甚至不知道是不是应该将 rebus 中的 s 的音发出来，又或者是像在 ananas（菠萝）这个单词中一样不发音。将 rébu 读成 zébu，并让它永远保持单数形式，就像在有些地区一样，是不是更好、更正确？尽管这个词是一个来自拉丁语的夺格词。在《小老太婆》中，rébus（字谜）与 omnibus（马车）押韵。波德莱尔开玩笑般地在抒情诗中引入了一个新词，源自一种与格，但我不认为有人会省略 omnibus 中 s 的发音，甚至在盖尔芒特公爵夫人（duchesse de Guermantes）或是那些故意不念词尾辅音以冒充高雅的人那里，都不会有人这样念。

我那时很犹豫，查阅了 1823 年皮埃尔-克劳德-维克托·博斯特（Pierre-Claude-Victoire Boiste）编纂、1834 年夏尔·诺迪埃（Charles Nodier）复校的《法语通用辞典》（*Dictionnaire universel de la langue française*），看到了下面这个：

Rébus，阳性单数词，Rebus。文字游戏；含义模糊、模棱两可；双关语；通过同音异义的方式取代原本的词；（引申义、口语）糟糕的玩笑。

将废物放进字谜里（*Mettez les rébus au rebut*）。

Rebut，阳性单数词，贬义。扔掉废物的动作；被当成废物扔掉的东西（丢掉；废物）。

这本工具书后面还包含了一个音韵词典，将 rébus 和 omnibus 押韵，凑成了一首拙劣的诗。

如此，"字谜"是个贬义的用法，是个糟糕的玩笑，有一种"将废物放进字谜里"的蔑视。毫无疑问：字谜之后是废物；《小老太婆》就是那些女拾荒者，或者说，她们在废物中找到了绣着字谜的小包。

第三十一章

令人不快的道德

我尝试着将自己重新沉浸在（散文诗）《巴黎的忧郁》中，因为它之前并没有完成。最终有一天，我有希望去展现一个新的约瑟夫·德洛姆，后者在每一次日常漫步中都能产生狂想曲般的思想，在每一件物品身上都能找出令人不快的道德。但那些琐事，当我们用既深刻又轻松的方式进行表达的时候，做起来就会十分困难！（《波德莱尔通信集》第二卷，第583页）

　　这是波德莱尔1866年1月写给圣伯夫的效忠信，两个月后由于脑部受伤，波德莱尔得了失语症，后来再也没能从中恢复过来。按他的习惯，他在信里吹捧了这位兄长、

《约瑟夫·德洛姆的诗歌》的作者，声称他自己的散文诗受到了这位批评大家年轻时作品的启发。

　　这里提到了波德莱尔诗歌的重要主题：闲逛与闲逛中发现的问题、创造者的困境、自嘲（在这里，散文诗被波德莱尔定义为"琐事"，在别处被形容为"不值一提的小玩意儿"），特别是每一次都想要从中形成一种"令人不快的道德"的意图。波德莱尔想要让他的读者震惊，激怒他们：这也是他在《巴黎的忧郁》中越来越喜欢做的事情，其中的诗歌变得如此刺耳，甚至连报纸都不愿意将它们全部印出来。一年之前，波德莱尔向《巴黎生活》（*La Vie parisienne*）的主编、同时也是一位蛮横的漫画作者的路易·马塞兰（Louis Marcelin）推荐了几首诗，他明确表示："这些恐怖和极端的残酷让你的女读者们流产。"（《波德莱尔通信集》第二卷，第 465 页）我们不知道波德莱尔的这句话为他在主编那里作了辩护，还是更加重了他的罪行，但不管怎样，最终都是白说。在布鲁塞尔旅居时间的延长让波德莱尔的脾气越来越坏，他在《可怜的比利时！》（*Pauvre Belgique*！）或《脱掉衣服的比利时》（*La Belgique déshabillée*）中对比利时人的糟糕评价很好地证明了这一点。由于他写的东西太过狭隘，在此还是不再引用为好。

波德莱尔并不十分令人愉快：他极度厌恶进步、民主和平等；他蔑视几乎所有同侪；他不相信美好的感情；他对女人、孩子或是与他相似的人都没有什么好感；他是痛苦与死亡的同伴，更是它们的祭品。

死刑是一种神秘念头的结果，在今天完全没有被理解。死刑并不是为了拯救社会，至少物质层面而言并非如此。它是为了（在精神层面）拯救社会、拯救有罪的人。为了有一个完美的祭品，需要被判死刑的人赞成这个观点，并带着喜悦去接受。（《波德莱尔全集》第一卷，第 683 页）

如果说一个人是时代偏见的受害者，并不比大多数同时代的人糟糕太多，而我们很容易就能在巴尔扎克、圣伯夫、巴尔贝·德·奥勒维利、福楼拜、勒南、泰纳和龚古尔兄弟的笔下找到像他一样可怕的人，那我们就可以原谅他了吗？这是相当困难的事，因为，从其他很多方面来说，波德莱尔也是我们的同辈人：萨特责备他"注视着后视镜"

往前走，他发明了这种关于现代世界爱与恨、接受与抵抗、热情与愤怒的"现代性"，我们至今仍为之争论不休。

我们是否可以为他辩护，宣称他首先是一个煽动者，一个拥有各种念头和方式的捣乱分子、一个充满了悖论的疯子？不，因为他真的相信自己笔下那可憎的一切，但他也相信别的东西，对许多事物有着双重看法。

普鲁斯特首先设想以主人公与母亲的对话来结束他的小说。母亲只爱波德莱尔的一半，因为她在波德莱尔的书信与诗歌中，发现了一些"残忍的东西"。她的儿子在这一点上与她意见一致，承认了波德莱尔的残忍，但他同时认为这种残忍来自诗人"无尽的敏感"，来自"在他的一生中……那些被他拿来自嘲的、无动于衷地展示给世人的苦难，这些苦难一直延伸到他神经的最深处"。他引用了《小老太婆》一诗：

——这些眼睛似深井，井中是无尽的泪水……

她们可以用这泪水汇成江河……

……被无情的北风鞭打

在马车的轰隆中不住地惊跳……

艰难地向前走，如同受伤的走兽

　　普鲁斯特小说里的主人公想要告诉他的母亲，波德莱尔就像这些小老太婆，生活在她们的躯体之中，与她们的神经一同颤抖，与她们一起受苦。波德莱尔与不幸的人、可怜的人、流亡者、被驱逐的人交流，在他看向他们的目光中，有着同情和慷慨，甚至还有着宽厚与慈悲。

而我，我，一个温柔地监视着你们的人，

忧虑的眼睛，注视着你们不安

仿佛我是你们的父亲，哦奇迹！

　　波德莱尔行走在残忍与同情、无动于衷与慈悲仁爱之间，很难给他下一个明确的定义，《恶之花》不能，《巴黎的忧郁》也不能，因为波德莱尔拒绝廉价的感情。然而，甚至是在他最艰深的散文诗中，诗人也在那里，守护着那些最脆弱的生灵，就像在《年老的街头艺人》（*Le Vieux Saltimbanque*）中，他站在被抛弃的喜剧演员面前：

我感到自己被歇斯底里的手扼住了咽喉，似乎我的目光被泪水模糊，这反叛的泪水啊，久久不愿意从我的眼睛中掉落。

第三十二章

陈词滥调

一开始被咒骂、定罪、拒绝，但先是 1917 年，在波德莱尔去世将近五十年的时候，之后是 1921 年，在他诞生百年之时，他变成了法国最多人阅读、研究、吟咏的最伟大的作家。在纳达尔为他拍摄的其中一张照片中，普鲁斯特看到了永恒诗人的影子：

      特别是在这最后一幅肖像中，波德莱尔的形象与雨果、维尼和勒贡特·德·列尔有着奇异的相似，仿佛这四张照片上的都是同一张脸，不过略有些不同而已。似乎这照片中的诗人是唯一的一个，从世界初始便存在，他的生命虽然断断续续，但他存在的时间和人类的存在一样漫长，只不过在这个世纪，他所表现的是那些痛苦与残忍。

波德莱尔刚刚超越维克多·雨果，成为法兰西最伟大的诗人，从此，他再也没有走下神坛。某天，我听到巷子里有几个年轻人刚刚结束高中毕业会考的口试，久久地谈论着其中一个人被考到的一首诗，就是第二首《忧郁》（"我就算是活了一千岁也没有这么多的回忆……"），这首诗在半个世纪之前，我还在高二①的时候，就深深地感动过我。

在波德莱尔巨大的身后声名和他生前悲惨的人生之间，有着极大的落差，就像那些年里，他曾在给母亲的每一封信中反复说过的：

我看到在我的前方，是无穷无尽没有家庭、没有朋友、没有爱人的生活，一年又一年的孤寂与无常。（《波德莱尔通信集》第一卷，第 357 页）

我不停地问自己：这样做有什么意义？那样

----

① 法国高中会考前的第二年，在这一年里，学生们将进行法语考试。

做又有什么好处？这就是忧郁最真实的精神了。（《波德莱尔通信集》第一卷，第438页）

想一想，从很多年前开始，我都一直生活在自杀的边缘。我这么说不是为了吓唬你，我觉得自己遭到了不幸的诅咒，诅咒我一直活下去；我这样说只是为了告诉你我所遭受的痛苦，这些年漫长得如同几个世纪。（《波德莱尔通信集》第二卷，第25页）

我陷入了一场无休止的神经紧张与恐慌之中；糟糕的睡眠；可怕的惊醒；一点应对的办法都没有。（《波德莱尔通信集》第二卷，第140页）

他的恐惧与惊慌无处不在，在每一封写给母亲的信中他都会回到这一点："我无休止地生活在焦虑和惊慌之中"（《波德莱尔通信集》第二卷，第200页）；又或是"恐惧，特别是恐惧；害怕骤然死去；——害怕活得太久，害怕看到你死去，害怕入睡，害怕一直醒着"（《波德莱尔通信集》第二卷，第274页）；甚至还有"一种永恒的恐惧，因为想象力而愈发剧烈，甚至忘记或忽视了那些重要的东西"

（《波德莱尔通信集》第二卷，第 304 页）。

　　萨特很乐意去强调波德莱尔那残忍而又失败的人生，却忽略了他作品上的成功，而这种人生的失败正是创作这样一部高尚作品所需要付出的代价。几乎所有人都会记得几句波德莱尔的诗歌，我们能够去吟咏它们，因为我们在小学的时候学过，也因为它们永远地被刻印在我们头脑的小黑屋里。每一代人都有他们所集的诗歌。在寄宿学校的时候，我们曾经背诵过这一首：

　　　　起床号从兵营的院子里传出，
　　　　而清晨的风正把街头的灯吹拂。

　　　　这个时候，邪恶的梦宛若群蜂，
　　　　把睡在枕上的晦暗少年刺疼。①

　　而在普鲁斯特的年代，他们所背诵的则是《秋歌》，福莱还为它配上了音乐：

————————————

① 出自《晨光》（*Le Crépuscule du matin*）。

213

我爱您长眼浅绿的流光，

　　温柔的美人，今日我却事事堪伤，

　　您的爱情，您的闺房，甚至您壁炉的光亮，

　　对我，都不及海上光辉的太阳。

　　这"海上光辉的太阳"对于普鲁斯特而言，是一种陈词滥调的套话。

　　而对其他人来说，套话是《信天翁》（L'Albatros）中"巨大的翅膀反而让它难以行走"，又或是《旅行》中总结性的两行诗，也就是1861年《恶之花》中的最后两句：

　　坠入深渊，地狱或天堂又有何妨？

　　在未知的深处去寻找新奇！

　　当我还是学生的时候，人们只用《猫》（Les Chats）来咒骂，克劳德·列维·斯特劳斯和罗曼·雅格布森剖析过这首诗：

丰腴的腰间一片神奇的光芒，

金子的碎片，还有细细的沙粒

又使神秘的眸闪出朦胧星光。

　　波德莱尔给我们留下了如此多经久不衰的意象和无法
磨灭的诗句。"创造陈词滥调是一种天才。我应当创造一种
陈词滥调，"他在《烟火》中写道，我们之前看到过这一
句。怎么才能知道他是在嘲笑那些陈词滥调的创造者，就
像他在大胆评价维克多·雨果的时候说"天才往往是蠢
货"，或者他是给了自己一个挑战，去写作一些不会被遗忘
的诗句？他惯常的讽刺笔法让我们无法琢磨；他太聪明了，
不会去创造一个普通的世界。他给我们留下了许多悖论，
需要我们费上一番气力去拆解。

第三十三章

玛丽埃特

我们已经打开了波德莱尔的一些简短的章节，他的诗句与散文、他的诗歌与批评，以及那些抨击文章与自传的片段，还有《恶之花》中的一首不那么关键的小诗，却十分感人。在这首诗中，波德莱尔回忆了父亲去世后，走出"儿时爱的天堂"，以及在卡罗琳娜·波德莱尔与欧比克将军再婚之前，他与母亲之间的亲密：

　　　　我没有忘记，在城市的不远处，

　　　　那小而安静的，我们白色的房屋……

　　让我们以下面这首出自《恶之花》中的诗来作结尾，这首诗仍旧不被人所熟知，描写的也是诗人的童年：

218

那位您曾嫉妒过的好心女仆，

　　她在卑微的草地下睡得正熟，

　　我们应该给她献上一些鲜花，

　　死者，可怜的死者，有着巨大的痛苦。①

　　诗人回忆了他失去父亲的那段时日的女仆，那个女人给了他母亲般的爱护，而他自己的母亲是个严格而又内敛的人，精打细算地将自己的爱给予她的孩子。在这个名叫玛丽埃特的女人身旁，波德莱尔建立了他所说的"对女性世界早熟的品味，*mundi muliebris*"（《波德莱尔全集》第一卷，第499页）。对这位慷慨的女仆的致敬让我们看到了诗人柔软的一面，值得那些被波德莱尔的一些作品中的残忍所冲击的读者们一读。在这首诗里，波德莱尔十分激动，这个女人给他留下了美好的回忆，而他却配不上她，放任她死去：

─────────────

① 出自《那位您曾嫉妒过的好心女仆》（*La servante au grand cœur dont vous étiez jalouse*）。

当木柴在晚上噼啪作响，

我看见她泰然坐在安乐椅上，

如果，在那十二月的蓝色寒夜，

我发现她蜷缩在我房间的角落，

从永恒的床上庄严地走来，

用慈母的眼注视长大的孩子，

当我看见她深陷的眼窝有泪流下，

对这虔诚的灵魂我作何回答？

　　这个他母亲的竞争者，给予了诗人远比母亲多得多的爱护。而母亲的形象出现在诗人所有的作品中，与他早逝父亲的形象一起，一直到《我心赤裸》中的"祈求"中都有体现：

　　不要通过惩罚我来惩罚我的母亲，也不要因为我而惩罚我的母亲。——我向您推荐我父亲和玛丽埃特的灵魂。——给予我每日及时履行责任的义务，让我成为一个英雄、一个圣人。（《波德莱尔全集》第一卷，第692—693页）

这个规矩波德莱尔无数次重复过，以劝诫自己投身到工作中。面对着三个人，父亲、母亲和"好心的女仆"玛丽埃特，波德莱尔表达了一种强烈的负罪感，以及背负了不光彩债务的深沉感情。《卫生》中的劝诫也是这种情况：

> 每天早上向有着绝对力量与绝对公正的上帝祈求，向我的父亲、向玛丽埃特、向我的母亲祈求，让他们代为说情。祈求他们赋予我必要的力量，来完成我的责任；赐予我的母亲足够长的生命，让她看到我的蜕变；整日都投入工作中，至少在能力允许的情况下；将自己交给上帝，也就是交给正义本身，让我的计划得以完成；每晚许一个新的愿望，向上帝祈求生命与力量，为了我的母亲，也为了我自己。（《波德莱尔全集》第一卷，第673页）

工作：他始终被它所困扰，工作对他而言既是一个愿望，又是一种理想。然而波德莱尔有他的两面性，就像我们所有人一样，他因为懒散而感到深深的痛苦。就像他所说的：

> 在所有人身上，在所有时刻，都有对立的双方，一个追随上帝，另一个追随魔鬼。向上帝祈祷，或者说追求精神性，是一种上进的欲望；而向魔鬼祈求，或者说追求动物性，则是一种坠落的快乐。（《波德莱尔全集》第一卷，第682—683页）

波德莱尔的分享就到此结束了，这位诗人仍旧无法被归为某个特定的行列，无法被简化为某些概括性的词条。让我们尊重他身上所有的矛盾吧。